The Very Best Fairy Tales of

Hans Christian Andersen

In English and Spanish

(Bilingual Edition)

Translated by Carmen Huipe

KidLit-O Press

www.kidlito.com

Table of Contents

THUMBELINA (*PULGARCITA*)

Once there was a woman who was desperate to have a baby. She went to see a fairy and said, "I would like to have a child so much. Can you tell me how I can get one?"

Había una vez una mujer que estaba desesperada por tener un bebé. Fue a ver a un hada y dijo:
-Me gustaría tanto tener un niño. ¿Me puedes decir cómo puedo obtener uno?

"Oh, that's easy," the fairy said. "Here is a barleycorn. It's not quite the same as the ones which the farmers plant, and the chickens eat. Put it in a flower pot and see what happens."

El hada le dijo:
-Bueno, eso es muy fácil, aquí hay un grano de cebada, no es igual al que plantan los agricultores y al que se comen las gallinas. Plántalo en una maceta y verás lo que pasa.

"Thank you," the woman said, and she paid the fairy a dozen shillings for the barleycorn. She went home and planted it, and a large beautiful flower grew, which looked a bit like a tulip but the leaves didn't open, as if it were still a bud.

La mujer dijo:
-Gracias.
Entonces, le pagó al hada doce chelines por el grano de cebada. Se fue a casa y lo plantó y creció una flor hermosa y grande, que tal parecía como si fuera un tulipán pero las hojas no se abrían, como si todavía fuera un botón.

"That's a beautiful flower," the woman said, and she kissed the red and gold petals. When she did the flower opened up, and she could see that it really was a tulip. But inside the flower, sitting in the centre, was a very tiny and lovely little girl. She was hardly half as long as your thumb, and they called her little thumb, or Thumbelina, because she was so tiny.

La mujer dijo:
-Esa es una flor hermosa; y besó los pétalos rojos y dorados.
Cuando lo hizo, la flor se abrió y pudo ver que no solo se parecía, pero en verdad, era un tulipán. Pero dentro de la flor, sentada en el centro, estaba una niñita muy pequeñita y adorable. Su tamaño era tan solo como la mitad de tu dedo pulgar y la llamaron pequeña pulgar, o Pulgarcita, porque era muy pequeña.

She had a cradle made out of a walnut shell, nicely polished, and her bed was made from blue violet leaves, with a rose petal for a blanket. She slept there at night, but in the day she played on a table, where the woman had put a plate full of water.

Tenía una cuna hecha de la concha de una nuez, muy bien pulida y su cama estaba hecha de hojas azules de viola, con una cobija de pétalo de rosa, donde dormía de noche, pero en el día jugaba sobre una mesa, donde la mujer había puesto un plato lleno de agua.

All around this plate there were bunches of flowers with their stems in the water, and a large tulip leaf floated on top, which the little one used as a boat. She sat there and rowed herself from one side to the other, with oars made of white horsehair. It was quite charming. She could also sing, so softly and sweetly that nobody had ever heard anything so lovely.

Alrededor de este plato había grupos de flores con sus tallos en el agua, y una hoja grande de tulipán flotaba encima, la cual, la pequeñita usaba como una canoa. Se sentaba ahí y remaba de un lado al otro, con remos hechos de crin blanco de caballo. Era muy preciosa. También podía cantar, tan suave y dulcemente que nadie nunca había escuchado nada tan encantador.

One night as she lay in bed, a horrid ugly wet toad sneaked in through a broken window, and jumped up on the table where she was lying sleeping under her rose leaf blanket.

Una noche cuando estaba acostadita, una mujer sapo, mojada y horriblemente fea se escurrió por una ventana quebrada, y brincó sobre la mesa donde ella estaba durmiendo bajo su cobija de pétalo de rosa.

"What a splendid wife this would make for my son," the toad said, and she grabbed the walnut shell Thumbelina was sleeping in, jumped through the window and went off into the garden.

La mujer sapo pensó:
-Qué esposa tan espléndida sería para mi hijo.
Arrebató la concha de nuez en la que Pulgarcita dormía, brincó a través de la ventana y se fué hacia el jardín.

The toad lived with her son on the swampy edges of a white stream in the garden. He was even uglier than his mother, and when he saw that pretty little girl in her splendid bed, he could only cry out, "Croak, croak, croak."

La mujer sapo vivía con su hijo en las orillas lodosas de un riachuelo en el jardín. El hijo era aún más feo que su madre, y cuando vió a esa niña bonita en su cama espléndida, lo único que pudo hacer fue croar y croar.

"Don't talk so loud, or she'll wake up," said the toad, "and she might run away, because she weighs next to nothing. We will take her out and put her on one of the water lilies in the stream; that will be like being on an island for her, because she is so tiny, and she won't be able to escape; while she's there we will get on with preparing the great hall under the marshes, where you will live when you are married."

Le dijo la madre sapo:

-No hables tan alto, o se despertará y pudiera escaparse, pues no pesa casi nada. La vamos a sacar y la pondremos sobre uno de los lirios de agua en el riachuelo, para ella eso sería como estar en una isla, porque está tan pequeñita, y no tendrá oportunidad de escapar; mientras está ahí, nosotros prepararemos el salón grande debajo de los pantanos, donde ustedes vivirán cuando se casen.

In the middle of the stream there were some water lilies which had wide green leaves which seemed to float on top of the water. The largest of these was farther off than the rest, and the old toad took the walnut shell out there, with Thumbelina still asleep inside.

En medio del riachuelo había algunos lirios de agua que tenían hojas verdes y muy anchas y parecían flotar sobre el agua, el mayor de estos estaba más lejos que el resto, y la madre sapo llevó la concha de nuez hasta allá, mientras Pulgarcita dormía todavía.

When the little girl woke up very early the next morning she began to cry bitterly when she discovered where she was, because all she could see was water all around her, and no way of getting back to land.

A la mañana siguiente cuando la pequeñita despertó y descubrió dónde estaba, comenzó a llorar amargamente, porque lo único que podía ver era agua alrededor de ella y sin posibilidades de volver a la tierra.

In the meantime the old toad was very busy beneath the marsh, decorating her room with rushes and yellow wildflowers, so that it would look nice for her new daughter-in-law. Then she and her ugly son swam out to the lily pad where she had left poor Thumbelina. She wanted to get the pretty bed made from a walnut shell, so that she could put it in the bridal suite ready for her. The old toad swam up to her and bowed, saying, "This is my son, you will marry him, and you will live happily together in the marshes at the edge of the stream."

Mientras tanto, la madre sapo estaba muy ocupada debajo de los pantanales, decorando la habitación con juncos y flores silvestres amarillas, para que se viera bien para su nueva nuera. Después ella y su horrible hijo nadaron hasta el lirio donde habían dejado a la pobre de Pulgarcita. La madre sapo quería tomar la cama bonita hecha de cáscara de nuez, para ponerla en la récamara nupcial y tenerla lista para Pulgarcita. La vieja madre sapo nadó hacia ella y se inclinó, diciendo:
-Este es mi hijo, tú te casarás con él, y juntos, vivirán felizmente en los pantanales a la orilla del riachuelo.

"Croak, croak, croak," was all her son had to say. So the toad got hold of the lovely little bed and swam off with it, leaving Thumbelina by herself on the lily pad, where she sat and cried. She couldn't stand the thought of living with that old toad and being married to her revolting son. Little fish swimming around in the water below had seen the toad and heard what she had to say, so now they poked their heads out of the water to look at the little girl.

Lo único que su hijo podía hacer era croar y croar, así que la madre sapo tomó la hermosa camita y se la llevó nadando, dejando a Pulgarcita sola sobre la hoja de lirio donde se sentó a llorar, pues no podía soportar la idea de vivir con esa vieja sapo y estar casada con su hijo grotesco. Los pescaditos que nadaban alrededor en el agua habían visto a la madre sapo y escucharon lo que dijo, así que ahora sacaban sus cabezas sobre el agua para mirar a la niñita.

As soon as they saw her they thought that she was lovely, and it upset them to think that she would have to live with those ugly toads.

Tan pronto como la vieron pensaron que era muy hermosa y les molestaba pensar que tuviera que vivir con esos sapos feos.

"No, this can't happen!" they said. So they all swam around the green stalk of the leaf which the little girl was standing on, and chewed the roots in half with their teeth. The leaf floated off down the stream, carrying Thumbelina far away from her home.

Los pescaditos dijeron:
-No, eso no puede ser.

8

Asi que todos nadaron alrededor del tallo de la hoja en la cual estaba la niñita, y mordieron las raíces hasta que las partieron por la mitad. La hoja ya suelta flotó por la corriente del riachuelo, llevándose a Pulgarcita lejos de su casa.

She sailed along past many towns, and the little birds sitting in the bushes saw her and sang out, "What an adorable little thing." the leaf took her further and further, until she reached other countries. A beautiful little white butterfly was always flying around her, and eventually it landed on the leaf. He liked the look of this little girl, and she was pleased to see him, because now she was well out of reach of the toad. The country which she was now sailing through was beautiful, and the sun shone on the water making it look like liquid gold. She removed her belt and tied one end of it to the butterfly, and the other end to the leaf, and so it was pulled on even faster than it had been drifting before, carrying Thumbelina along.

Navegó pasando a través de muchos pueblos y los pajaritos sentados en los arbustos la vieron y comenzaron a cantar:
-Qué pequeñita más adorable.
La hoja la llevó más y más lejos, hasta que llegó a países lejanos. Un joven mariposa, blanco muy hermoso, volaba siempre arededor de ella y eventualmente aterrizó sobre la hoja. A él le gustaba el aspecto de esta niñita y a ella le complacía verlo, además, hora ya estaba lejos del alcance del sapo. El país a través el cual la niña navegaba era muy hermoso y el sol brillaba sobre el agua haciéndola parecer como oro líquido. Se quitó su cinturón y ató en un extremo al joven mariposa y en el otro a la hoja, así que la hoja fue arrastrada por la corriente mucho más rápido que antes, llevando consigo a Pulgarcita.

Soon a large cockchafer flew past. As soon as he saw her he flew down, grabbed her around her little waist, and flew off with her into a tree. The green leaf carried on floating downstream, and the butterfly had to go with it, because he was tied on.

Un poco después, un abejorro pasó volando. Tan pronto como la vió voló hacia abajo, la tomó de su cinturita y se dirigió con ella hacia un árbol. La hoja verde continuó flotando con la corriente y el joven mariposa tuvo que volar con ella, ya que estaba atado.

How scared Thumbelina was with the beetle flying her up into the tree! She was also really sorry that the beautiful white butterfly was still tied to the leaf where she had left him, because if he couldn't get free he would starve. But the beetle wasn't in the slightest bit bothered. He sat down next to her, on a broad green leaf, fed her with some nectar, and told her she was very pretty, even though she didn't look at all like a beetle.

¡Pulgarcita se sentía tan asustada volando con el escarabajo hacia la parte superior del árbol! Al mismo tiempo, sentía tanta pena porque el hermoso joven mariposa todavía estaba atado a la hoja donde le dejó, porque si no podía liberarse, moriría de hambre. Pero al escarabajo no le molestaba en lo más mínimo. Se sentó a su lado, sobre una hoja verde muy ancha, le dió un poco de néctar para comer y le dijo que era muy bonita, aún cuand no tuviera aspecto de escarabajo en lo absoluto.

After a little while all the beetles who lived in the tree came to see Thumbelina. They stared at her, and then the young females turned up their noses, saying, "Look, she's only got one pair of legs! How ugly that looks." "She doesn't have any feelers," another one said. "She has a slim waist. Yeuch! She looks like a human being."

Después de un ratito, todos los abejorros que vivían en el árbol vinieron a ver a Pulgarcita. La observaron fijamente y entonces las jóvenes abejorros, con aires de grandes damas, dijeron:
-¡Miren, solo tiene un par de piernas! Qué horrible se ve eso. Otra, comentó:
-Y no tiene antenas.
Y aún, otra más, dijo:
-¡Guácala! tiene la cintura delgada. Parece un ser humano.

"Oh, she is ugly," all the lady beetles said. The beetle who had stolen her believed what all the others said when they said she was ugly. He then didn't want to speak to her any more, and he told her that she could go wherever she liked. He picked her up and flew her out of the tree, putting her on a daisy, and she wept to think that she was so ugly that even the beetles refused to have anything to do with her. Of course in truth she remained the most beautiful creature one could think of, as soft and lovely as a lovely rose petal.

Todas las mujeres escarabajos dijeron:
-Pero es fea.
El abejorro que se la había robado creyó lo que todos los demás decían cuando comentaban que era fea. Entonces, ya no quiso hablar más con ella y le dijo que se fuera a donde quisiera. La levantó y y se la llevó volando lejos del árbol, depositándola sobre una flor de margarita y Pulgarcita lloraba pensando que era tan fea que ni aún los abejorros querían tener nada qué ver con ella. La verdad era por supuesto, que ella continuaba siendo la criatura más hermosa que nos pudiéramos imaginar, tan suave y primorosa como un pétalo de rosa precioso.

Throughout the summer poor little Thumbelina lived in the great forest, all alone. She made herself a bed out of blades of grass, and hung it under a wide leaf, to keep the rain off. She drank nectar from flowers as food, and drank dew from their leaves in the morning for drink.

Durante todo el verano, la pobrecita de Pulgarcita vivió solita en el inmenso bosque, se hizo una cama de hojarasca y la colgó bajo una hoja muy ancha, para cubrirse de la lluvia. Para alimentarse, comía el néctar de las flores y su bebida era el rocío de la mañana el cual caía de las hojas.

So the summer and autumn passed, and then the winter came, a long cold winter. All the birds who had sung such sweet songs for her had flown away, and the trees and flowers were shrivelled. The broad leaf which she had been sheltering under rolled up and shrank, there was just a yellow wizened stalk left. She was awfully cold, because her clothes were torn, and she was so tiny and she actually almost froze to death. It began to snow, and a single snowflake falling on top of her was like a whole shovelful of snow falling on you or me, because we are tall, but she was only an inch high. She tried to wrap herself up in a dry leaf to keep warm, but it was cracked in the middle and did no good, and she shivered with cold.

Asi pues, pasaron el verano y el otoño y llegó el invierno, un invierno largo y frío. Todos los pájaros que le cantaban canciones dulces habían volado lejos y los árboles y flores ya se habían marchitado. La hoja ancha bajo la cual ella había encontrado refugio, se enrolló y encogió, sólo le quedaba una parte amarillenta del tallo marchito, tenía muchísimo frío porque su ropa estaba rota y era tan pequeña que casi se congeló. Comenzó a nevar y cuando caía un copo de nieve sobre ella era como si toda una palada de nieve estuviera cayendo sobre ti o sobre mi, porque estamos altos, pero ella solo medía una pulgada de altura. Trató de envolverse en una hoja seca para conservarse calientita, pero se rompió por la mitad y no sirvió de nada, así que Pulgarcita temblaba del frío.

There was a large cornfield near the wood where she lived, but the corn had been cut down a long time ago; all that was left was dry stubble sticking up out of the frozen ground. For her this was like trying to fight her way through a great forest.

Había un maizal muy grande cerca del bosque donde ella vivía, pero desde tiempo atrás ya habían cortado el maíz, lo único que quedaba era rastrojo que asomaba sus puntas secas a través del piso congelado. Para ella, esto era como tratar de ir haciendo camino a través de un bosque enorme.

How cold she was! Finally she found the door of the den of a field mouse, who lived under the corn stubble. She lived there warm and comfortable, having a whole storeroom of corn, the kitchen, and a lovely dining room. Poor Thumbelina stood at her door like a little beggar girl, asking for a single piece of corn, because she hadn't eaten anything for two days.

¡Qué frío tenía! Finalmente encontró la puerta hacia la madriguera de una ratoncita que vivía debajo del rastrojo del maíz. Esta ratoncita vivía ahí cálida y confortablemente, con una despensa de maíz del tamaño de un almacén, también había una cocina y un comedor encantador. La pobre de Pulgarcita tocó a su puerta como si fuera una niña pordiosera, pidiendo tan solo una pieza de maíz, ya que no había comido nada en dos días.

"You poor little thing," said the field mouse, because she was a goodhearted creature, "come in here in the warm and have something to eat."

Ya que la ratoncita era criatura de buen corazón, dijo:
-¡Pobrecita de ti! Pasa a lo calientito para que comas algo.

She liked the look of Thumbelina, so she said, "You can stay with me the whole winter long, if you want, and in return you can keep my rooms tidy and clean, and tell me stories, because I would enjoy that very much." So Thumbelina did what she was asked, and she was quite happy.

A la ratoncita le gustó el aspecto de Pulgarcita, así que le dijo:
-Si gustas, te puedes quedar conmigo todo el invierno a cambio de que limpies y pongas en orden mi casa y me cuentes historias, ya que lo disfrutaría muchísimo.
Así que Pulgarcita hizo lo que se le pidió y era muy feliz.

"Soon we will have a visitor," the field mouse said one day; "my neighbour comes to visit me once a week. He's richer than me; he has larger rooms, and he dresses in a beautiful black velvet coat. If you could marry him, you would be in a very nice position. However, he is blind, so he won't be able to see you, so you must impress him with some of your most lovely stories."

Un día, la ratoncita le dijo:
-Pronto tendremos un visitante, mi vecino me visita una vez a la semana. Él es mucho más rico que yo, sus habitaciones son mucho más grandes y viste un saco hermoso de terciopelo negro. Si te pudieras casar con él, estarías en una posición muy buena, de cualquier manera, él es ciego, así que no podrá verte, pero aún así debes impresionarlo con algunas de tus historias más hermosas.

Thumbelina wasn't at all interested in this neighbour, because he was a mole. Still, he came to visit them, dressed in his black velvet coat.

Pulgarcita no estaba interesada en su vecino en lo absoluto, ya que éste era un topo. Y así, vino a visitarlas, traía puesto su saco de terciopelo negro.

"He's very rich and well educated, and his house is twenty times the size of mine," the field mouse said.

La ratoncita dijo:
-Él es muy rico y muy bien educado, y su casa es veinte veces mayor que la mía.

He certainly was rich and educated, but he was always dismissive when he spoke about the sun and the pretty flowers, because he had never seen them. He wanted Thumbelina to sing to him, "Ladybird, Ladybird, fly away home," and lots of other pretty songs. The mole fell in love with her beautiful voice, but he didn't say anything, because he was very careful and sensible. A little earlier, he had dug a long tunnel through the earth, going from his house to the house of the field mouse, and he gave her permission to walk there with Thumbelina whenever she wanted. He warned them that there was a dead bird lying in the passage, but that they shouldn't be scared of it. It was a whole bird, with beak and feathers intact, and couldn't have been dead for very long. It was lying exactly where the mole had dug his tunnel. He took a piece of glowing wood in his mouth, which glittered like fire, and he led them through the long dark passage. When they got to the place where the dead bird was, the mole pushed his wide nose through the roof of the tunnel, so that air and daylight came in.

Ciertamente él era muy rico y educado, pero cuando se refería al sol y las flores bonitas, siempre era despectivo ya que nunca los había visto; quería que Pulgarcita le cantara la canción "Gallinita Ciega, Gallinita Ciega, Vuela y Vete a Casa", además de muchas otras canciones bonitas; el topo se enamoró de su voz hermosa, pero no dijo nada ya que era muy sensato y cuidadoso. Un poco antes, él había cavado un túnel muy largo debajo de la tierra que iba desde su casa, hasta la casa de la ratoncita, a quien le dio permiso de que caminara por ahí con Pulgarcita siempre que quisiera. Les advirtió que había un pájaro muerto tirado a medias del pasaje, pero que no deberían tener miedo de él. El pájaro estaba entero, con alas y pico intactos y no podría haber estado muerto por mucho tiempo. Estaba tirado exactamente donde el topo había cavado el túnel, quien tomó una pieza de madera ardiendo y lo puso en su boca, la cual brillaba como fuego y las guió a través del obscuro y largo pasaje. Cuando llegaron al lugar donde estaba el pájaro muerto, el topo empujó su nariz ancha a través del techo del túnel, para dejar entrar aire y la luz del día.

There in the middle of the floor was a swallow, with his beautiful wings tucked close to his sides, and his feet and head tucked under his feathers–clearly he had died of cold. Thumbelina was very sad, seeing it, because she adored the little birds; they had sung such beautiful songs for her all summer. But the mole used his crooked legs to push it out of the way, saying, "No more singing for him. What a rotten life it must be to be born a little bird! I'm very glad that none of my children will grow up to be birds, because all they do is cry out, 'Tweet, tweet,' and in the winter they invariably die of hunger."

Ahí, en medio del piso estaba una golondrina, con sus alas hermosas pegaditas a sus lados y sus pies y cabeza metiditos bajo sus alas, era obvio que había muerto de frío. Pulgarcita se puso muy triste cuando lo vió, porque le encantaban los pajaritos pues le habían cantado canciones muy hermosas todo el verano. Pero el topo usó sus piernas torcidas para empujarlo hacia un lado del camino diciendo:

-Ya no podrá cantar. ¡Qué vida tan despreciable debe ser el nacer siendo un pajarito! Estoy muy contento que ninguno de mis hijos van a ser pájaros, porque todo lo que hacen es llorar así:
-"Pío, pío...."
Además, en el invierno siempre mueren de hambre.

"Yes, you are clever, you're quite right!" the field mouse he exclaimed. "What good is all that singing talent if, when the winter comes, you're going to starve or freeze to death? Still, birds are very classy."

La ratoncita exclamó:
-¡Si, tú eres muy inteligente y tienes toda la razón! De qué sirve que tengas el talento para cantar si cuando viene el invierno te vas a morir congelado o de hambre. Pero aún así, los pájaros son muy elegantes.

Thumbelina didn't say anything, but when the others had turned their backs she bent down and stroked the soft feathers on the bird's head, and kissed its closed eyelids. "Perhaps this was the bird which sang me such lovely songs in the summer," she said, "and how happy have you made me, you sweet pretty bird."

Pulgarcita no dijo nada, pero cuando los otros dieron la espalda, ella se agachó a acariciar las suaves plumas de la cabeza del pájaro y le besó sus párpados que estaban cerrados y pensó:
-Probablemente este fue el pájaro que me cantó canciones tan adorables en el verano y qué feliz me hiciste, pajarito dulce y bonito.

The mole now opened up the hole he had made the daylight had come through, and he escorted the ladies back home. But Thumbelina couldn't sleep at night, so she got up and wove a beautiful blanket from hay. She took it to the dead bird and put it over him, with some fluff from the flowers which she had found in the fieldmouse's room. It was soft as wool, and she tucked his all round the bird, so that he would be warm as he lay in the cold earth.

Para entonces, el topo había abierto el agujero que había hecho en el techo y la luz del día había entrado, y acompañó a las damas de vuelta a casa, pero esa noche Pulgarcita no podía dormir, así que se levantó y tejió una cobija preciosa hecha de paja, se la llevó al pájaro muerto y lo cobijó, parecía lana suave, estaba esponjadita porque había entretejido flores que se había encontrado en la habitación de la ratoncita y arropó muy bien al pajarito para que estuviera calientito mientras yacía sobre la tierra fría.

"Farewell, pretty little bird," she said, "Farewell. Thank you so much for the lovely songs you sang me in the summer, when the trees were green and the warm sun was shining on us." Then she put her head on the bird's chest, but something made her jump, because she could hear "thump, thump" coming from inside. It was his heart; he hadn't really died, he was just in a coma from the cold, and the warmth she had given him had brought him back to life. In the autumn swallows fly away to warmer countries, but if one stays behind too long, it gets caught by the cold, and it is frozen and falls down as if it were dead. It stays where it falls, and is covered by the cold snow.

Y dijo:
-Me despido, lindo pajarito, me despido, muchas gracias por las hermosas canciones que me cantaste en el verano, cuando los árboles todavía estaban verdes y el sol cálido brillaba sobre nosotros.
Entonces, colocó su cabeza sobre el pecho del pajarito, pero algo la hizo brincar, porque podía escuchar un sonido que venía desde adentro:
-Bum, bum.
Era su corazón pues no había muerto en realidad, solamente estaba en coma por el frío y había regresado a la vida por el calor que ella le había dado. En el otoño, las golondrinas vuelan a países lejanos donde el clima es cálido, pero si una de ellas se queda atrás por mucho tiempo, queda atrapada por el frío, se congela y cae como si estuviera muerta, se queda donde cae y es cubierta por la nieve helada.

Thumbelina was trembling, because she was rather frightened; the bird was large, much larger than her (she was only an inch high, remember). But she plucked up the courage, and put more wool over the poor bird, and then she took a leaf which she had used as a blanket for herself and put it over his head.

Pulgarcita estaba temblando, pues estaba muy asustada; el pájaro estaba grande, mucho más grande que ella, (recuerda que ella sólo mide una pulgada de altura). Pero se armó de valor y le puso más lana encima al pobre pájaro y entonces tomó una hoja que ella misma había usado como cobija y la puso sobre la cabeza del pájaro.

The next night she sneaked out again to have a look at him. He was alive, but he was very weak, and he could only open his eyes for a second to look at Thumbelina, who was standing by with a piece of rotten wood in her hand, which had to serve her as a lantern. "Thank you, pretty little girl," the sick swallow said, "you have warmed me up so nicely that soon I will be strong enough to fly in the warm sunshine."

A la noche siguiente se escapó nuevamente para ir a verlo, estaba vivo pero muy débil y apenas pudo abrir sus ojos por un segundo para mirar a Pulgarcita, quien estaba paradita a un lado con una pieza de madera vieja en su mano, que había tenido qué usar como linterna. La golondrina enfermita le dijo:
-Gracias niña bonita, me has dado tanto calor que pronto estaré lo suficientemente fuerte para volar bajo la cálida luz del sol.

"Oh," she said, "it's cold outdoors now, it's snowing and freezing. You stay in your warm bed and I will look after you."

Ella dijo:
-Pero está muy frío el clima afuera, está nevando y todo congelado. Quédate calientito en tu cama y yo te cuidaré.

She got some water in a petal, and took it to the swallow, and once he had drunk he told her that he had damaged one of his wings in a thorn bush and couldn't keep up with his fellow swallows, who had soon got far away on their journeys to other countries. Eventually he had fallen down to earth, and he couldn't remember anything else, not even how he had got where she found him.

Pulgarcita puso un poco de agua en un pétalo y lo llevó a la golondrina y una vez que el pájaro tomó le dijo que se había lastimado una de sus alas en un arbusto espinozo y no había podido volar a la misma velocidad que sus compañeros, quienes pronto se adelantaron en sus trayectos a otros países y al fin, él había caído a la tierra y no podía recordar nada más, ni siquiera cómo había llegado hasta donde ella lo encontró.

The swallow stayed underground all winter, and Thumbelina nursed him very loving me. She didn't tell the mole or the fieldmouse anything about what she was doing, because they didn't like swallows. Very soon it was spring again, and the sun warmed up the earth. The swallow said goodbye to Thumbelina, and she opened up the hole which the mole had made in the ceiling. The sun shone in so beautifully that the swallow asked her if she would like to go with him, promising to carry her away into the green woods. But she knew that if she left like that the field mouse would be upset, so she said, "No, I can't."

La golondrina se quedó dentro del túnel todo el invierno y Pulgarcita lo cuidó con mucho cariño; pero no le dijo nada al topo o a la ratoncita acerca de lo que estaba haciendo, porque a ellos no les gustaban las golondrinas. Muy pronto, llegó nuevamente la primavera, y el sol calentó la tierra, la golondrina se despidió de Pulgarcita, quien abrió el agujero que el topo había hecho en el techo. El sol brilló tan hermosamente que el pájaro le preguntó a Pulgarcita si se quería ir con él, prometiéndole dejarla en medio de los bosques ya reverdecidos, pero ella sabía que si se iba así, la ratoncita se iba a molestar, así que le dijo que no, que no podía.

"Then farewell, you cold, pretty little girl," said the swallow, and he flew out into the sunshine.

Dijo la golondrina, volando hacia la luz del sol:
-Entonces me despido, niñita bonita y fría.

Thumbelina followed him with her eyes, which were full of tears, she liked the poor swallow very much.

Pulgarcita lo siguó con la mirada, sus ojos estaban llenos de lágrimas, pues le gustaba mucho la pobre golondrina.

"Tweet, tweet," the birds sang, flying off to the green woods, and Thumbelina was very sad. She was never allowed to go out and enjoy herself in the warm sunshine. Now it was spring, the corn which had been sown in the field above the house of the field mouse was growing tall, and it was like a thick wood to Thumbelina.

Los pájaros cantaban volando hacia los bosques verdosos:
-Pío, pío.
Pulgarcita estaba muy triste, a ella nunca se le permitió salir y disfrutar el sol cálido. Ahora era primavera, el maíz que se había plantado en los campos que estaban cerca de la casa de la ratoncita, ya estaba creciendo mucho, y para Pulgarcita era como un bosque tupido.

"Little one, you are going to be married," the field mouse said. "My neighbour has proposed. How lucky for a poor child like you! We must get your wedding clothes ready. You must have woollen ones and linen ones; marrying someone as important as the mole you must not lack anything."

La ratoncita le dijo:
-Pequeñita, te vas a casar. Mi vecino ha pedido tu mano en matrimonio. ¡Cuánta suerte para una niña pobre como tú! Debemos preparar tu atuendo de novia, debe de ser de lana y lino, en tu boda no debe de faltar nada, pues te estás casando con alguien muy importante.

So Thumbelina had to start spinning, and the field mouse hired a quartet of spiders, who were going to weave all day and all night. Every evening the mole came visiting, and he was always talking about the time when summer would be over and he would marry Thumbelina. For the moment the sun was so hot that it burned the earth and made it as hard as stone. As soon as the hot weather disappeared they should be married. But Thumbelina didn't feel happy at all, because she disliked that boring old mole.

Así que Pulgarcita tenía que empezar a hilar la tela y la ratoncita contrató a cuatro arañas, quienes iban a hilar todo el día y toda la noche. Cada noche el topo venía de visita, y siempre hablaba acerca de que cuando el verano terminara, él se casaría con Pulgarcita, pero por el momento, el sol estaba tan caliente, que quemaba la tierra y la hacía tan dura como una piedra. Tan pronto como el clima cálido desapareciera, ellos deberían casarse. Pero Pulgarcita no estaba contenta en lo absoluto, pues no le gustaba ese topo viejo y aburrido.

Every morning when the sun came up, and every evening when it set, she would creep out of the door, and when the wind blew the corn apart she could see the blue sky, and she thought about how beautiful and bright it looked, and she really wish that she could see her dear friend the swallow again. But he never came back, because he had flown away and was living in the lovely green forest.

Cada mañana cuando el sol salía y cada noche cuando se ponía, Pulgarcita se escapaba por la puerta y cuando el viento volaba y movía el maíz, podía ver el cielo azul, y pensaba acerca de lo brillante y hermoso que se veía y en verdad deseaba poder ver nuevamente a su querido amigo el pájaro, pero él nunca regresó, porque se había ido lejos y estaba viviendo en el hermoso bosque verde.

When autumn came Thumbelina's wedding outfit was all prepared, and the field mouse said to her, "You shall be married in a month."

Cundo llegó el otoño, el atuendo de bodas de Pulgarcita ya estaba listo y todo preparado y la ratoncita le dijo:
-En un mes te casarás.

Thumbelina wept and said that she refused to marry that horrid mole.

Pulgarcita lloró y dijo que rehúsaba casarse con ese topo horrible.

"What rubbish," the field mouse replied. "Don't be awkward about this, or I will bite you with my white teeth. He is a very handsome mole; even the queen doesn't have velvet and fur as lovely as his. He has plenty of food and wonderful kitchens. You should be grateful that you have been so lucky."

Renegando, la ratoncita contestó:
-Qué tonterías, no seas tonta en lo que concierne a este asunto, o te morderé con mis dientes blancos. El es un topo muy guapo, ni siquiera la reina tiene terciopelo y pieles tan finos como los de él; también tiene suficiente comida y cocinas hermosas. Deberías estar agradecida que has tenido tanta suerte.

So the wedding day was appointed, when the mole would take her away to live with him, deep under the earth, and she would never see the warm sun again, just because he didn't like it. She was deeply unhappy thinking that she would never enjoy it again, and she went off, with the permission of the field mouse, to stand by the door and see it once again.

Así que se apartó el día de la boda, día en que el topo se la llevaría a vivir con él, debajo de lo profundo de la tierra y ella no volvería a ver el sol cálido nuevamente, solo porque a él no le gustaba; estaba mucho muy triste pensando que nunca jamás lo volvería a disfrutar y se fue a la puerta a verlo una vez más, con el permiso de la ratoncita.

"Farewell, bright sun," she cried out, stretching her arms towards it. Then she walked a little way away from the house, because the corn had been cut, and there was just dry stubble left in the field. "Farewell, farewell," she repeated, hugging a little red flower that was growing there. "Say hello to the little swallow for me, if you ever see him again."

Extendiendo sus brazos hacia el sol, gritó:

-Me despido sol brillante.
Después caminó retirándose un poco de la casa, pues ya habían cortado el maíz y solo habían dejado los rastrojos en el campo y abrazando una florecita roja que estaba creciendo, continuaba repitiendo:
-Me despido, me despido, salúdame a la pequeña golondrina si la llegas a ver nuevamente.

"Tweet, tweet," she heard suddenly above her head. She looked up, and there was the swallow flying nearby. He was delighted to see Thumbelina. She told him how she really didn't want to marry the ugly mole, and always to live underground, and never see the sun again. She cried as she told him about it.

De pronto, escuchó en lo alto:
-¡Pío, pío!
Levantó la vista, y ahí estaba la golondrina volando de cerca; el pájaro estaba encantado de ver a Pulgarcita, quien le dijo que en realidad ella no se quería casar con el topo feo, ni quería vivir bajo la tierra para siempre, ni le gustaba la idea de no volver a ver el sol nuevamente, mientras le decía todo esto, lloraba desconsoladamente.

"The cold winter is coming," the swallow said, "and I'm going to fly off to a warmer climate. Why don't you come with me? You can sit on my back and tie yourself on with your belt. We can fly far away from the ugly mole and his dark rooms, far away, over the mountains, to warmer countries, where the sun is even warmer than it is here; it's always summer there, and the flowers are more beautiful. Fly away with me now, dear little one; you saved my life when I was frozen in that horrid dark passage."

La golondrina le dijo:

-El invierno frío se acerca y yo volaré en busca de un clima más cálido. ¿Por qué no vienes conmigo? Te puedes sentar sobre mi espalda y te atas con tu cinto. Podemos alejarnos del topo feo y sus habitaciones obscuras, irnos muy lejos a través de las montañas, hacia países más cálidos, donde el sol es aún más cálido de lo que es aquí; allá siempre es verano y las flores son más hermosas. Querida muchachita, vente ahora a volar conmigo; tú salvaste mi vida cuando estaba congelado en ese horrible túnel obscuro.

"Yes, I will come with you," said Thumbelina; and she sat on the bird's back with her feet on his spread wings, and she tied her belt to one of his strong feathers.

Dijo Pulgarcita:
-Sí, me iré contigo.
Así que se sentó sobre la espalda del pájaro con sus pies sobre sus alas extendidas y ató su cinturón a una de sus alas fuertes.

The swallow flew up into the air, and headed out over the forest and the sea, over the highest mountains which were always covered with snow. The cold air would have frozen Thumbelina, but she tucked herself under the warm feathers of the bird, with just her little head peeking out, so she could enjoy all the beautiful scenery as they went along. Eventually they got to the warm countries, where the sun shines brightly and the sky seems to be farther away from the earth. On the hedges and verges there were purple, green and white grapes, lemons and oranges hanging from the trees, and the air was full of the scent of myrtle and orange blossom. Beautiful children played in the country lanes, along with huge pretty butterflies, and as the swallow flew on and on, every place they came to seemed more lovely than the last.

La golondrina lanzó el vuelo hacia arriba, y se dirigió hacia los bosque y el mar, voló sobre las montañas más altas, las cuales estaban cubiertas siempre por la nieve. El aire helado hubiera congelado a Pulgarcita, pero se arropó bajo las alas cálidas del pájaro y sólo su cabecita sobresalía, de esa manera podía disfrutar el escenario hermoso a medida que avanzaban. Finalmente llegaron a los países cálidos, donde el sol alumbra con un brillo intenso y el cielo pareciera estar más lejos de la tierra. Había uvas moradas, verdes y blancas sobre los setos y las vallas; de los árboles colgaban limones y naranjas y el aire estaba lleno del olor de las flores de mirto y de flor del naranjo. En los caminos rurales había niños hermosos jugando junto con mariposas bonitas y enormes y a medida que la golondrina volaba y volaba, cada lugar al que llegaban parecía ser más encantador que el anterior.

Eventually they reached the blue lake, and at the side of it, shaded by the darkest green trees, there was a palace of shining white marble, built in olden days. Vines twined all round its high pillars, and there were lots of swallows' nests at the top, one of which was the home of Thumbelina's friend.

Finalmente llegaron al lago azul y a un lado, había un palacio de mármol blanco a la sombra de los árboles, que había sido construído en tiempos antiguos, había enredaderas subiendo por pilares altos y había muchísimos nidos de golondrinas en la parte superior, uno de los cuales, era el hogar del amigo de Pulgarcita.

"This is my house," the swallow said, "but it's not suitable for you, you wouldn't be comfortable there. You must choose one of those lovely flowers down there, and I will put you down to rest on it, and then I will get you everything you want to make you happy."

La golondrina dijo:
-Esta es mi casa, pero no es adecuado para ti, no estarías cómoda ahí. Debes escoger una de estas flores hermosas que están aquí abajo y yo te bajaré para que descanses sobre ella y luego te daré todo lo que quieras para hacerte feliz.

"That would be lovely," she said, and she clapped her little hands with happiness.

Pulgarcita, aplaudiendo sus manitas con felicidad, contestó:
-Eso sería fantástico.

There was a large marble pillar lying on the ground, which had been broken into three pieces in its fall. There were beautiful large white flowers growing between the pieces, so the swallow flew down and put Thumbelina on one of the wide leaves. She was astonished to find that in the middle of the flower there was a tiny little man, as white and transparent as if he were made of crystal. He was wearing a golden crown, and had tiny wings on his shoulders, and he wasn't much larger than she was. He was the angel of the flower, because in every flower a tiny man and a tiny woman live, and he was the king of all of them.

Había un pilar de mármol muy grande que estaba tirado sobre el suelo, el cual se había quebrado en tres partes al caer. En medio de las piezas de mármol, crecían flores grandes y hermosas, de manera que la golondrina voló hacia éstas y puso a Pulgarcita sobre una de las hojas anchas. Ella se asombró al darse cuenta que en medio de la flor había un hombrecito pequeño, tan blanco y transparente como si estuviera hecho de cristal. Tenía puesta una corona de oro y tenía alas pequeñitas sobre sus hombros, no era más grande de lo que era ella. El era el ángel de las flores, porque en cada flor viven un hombre o una mujer pequeñitos y él era el rey de todos ellos.

"Oh, how lovely he is!" whispered Thumbelina to the swallow.

Pulgarcita le susurró a la golondrina:
-¡O, es precioso!

The little prince was initially frightened by the bird, which looked like a giant in comparison to a tiny creature like him. However, when he saw Thumbelina he was delighted, thinking that she was the prettiest little girl he had ever seen. He took the golden crown of his head and put it on hers, asking what her name was and if she would marry him and be the queen of the flowers.

Al principio, el principito estaba asustado con el pájaro, ya que parecía un gigante en comparación de una criatura tan pequeñita como lo era él, sin embargo, cuando vio a Pulgarcita estaba encantado, pensando que era la niñita más hermosa que jamás hubiese visto. Se quitó su corona de oro y la colocó sobre la cabeza de ella, preguntándole cómo se llamaba y si le gustaría casarse con él y ser la reina de las flores.

He certainly was a very different husband to her previous options, the son of the toad, or the mole with his black velvet and fur, so she agreed to marry this handsome prince. All the flowers opened up, and a little lady or a tiny lord came out of each one, all so pretty that they were delightful to see. Each one of them brought a present for Thumbelina; the best one was a beautiful pair of wings, which had come from a large white fly, which they attached to Thumbelina's shoulders, so that she could fly from flower to flower.

Ciertamente era un esposo diferente a los pretendientes que había tenido anteriormente: el hijo de la señora sapo, o el topo con su terciopelo y piel negra; de manera que aceptó casarse con este príncipe guapo. Todas las flores se abrieron y una dama o un caballero pequeñitos salieron de cada una, todos tan bonitos que era una maravilla el solo verlos, cada uno le trajo un regalo a Pulgarcita, el mejor fue un par de alas, las cuales habían sido de una mosca blanca grande, se las coloraron a Pulgarcita sobre sus hombros para que pudiera volar de flor en flor.

There was much merrymaking, and the little swallow, sitting over them in his nest, was asked to sing them a wedding song; he did this as well as he could, but deep down he felt rather sad, because he was very fond of Thumbelina and would have liked to stay with her forever.

Había un gran bullicio y le pidieron a la pequeña golondrina, que estaba sentada en su nido en lo alto, que les cantara una canción de bodas, lo cual hizo lo mejor que pudo, pero en lo más profundo de su ser, se sentía triste, porque le tenía mucho afecto a Pulgarcita y le hubiera gustado quedarse con ella para siempre.

The king of the flowers said to her, "You mustn't be called Thumbelina any more, because it's an ugly name, and you are so beautiful. We will call you Maia."

El rey de las flores le dijo a Pulgarcita:
-Tu nombre ya no será Pulgarcita, pues es un nombre feo y tú eres muy hermosa, así que tu nombre será: Maia.

"Farewell, farewell," the swallow said, feeling very sad, leaving the warm countries and flying back to Denmark. His nest was above the window of a house where a man who wrote fairytales lived; the swallow sang, "Tweet, tweet," and that inspired the whole story.

La golondrina, lista para alejarse de los países cálidos para regresar a Dinamarca, sintiéndose muy triste dijo:
-Adiós, adiós.
Su nido quedaba arriba de la ventana de una casa donde vivía un hombre que escribía cuentos y el momento que inspiró toda esta historia, fue cuando la golondrina cantó:
-Pío, pío.

THE LITTLE MERMAID (*LA SIRENITA*)

Far away in the ocean, where the water is as blue as the prettiest cornflowers and clear as crystal, it is incredibly deep. It's so deep that there isn't a rope on earth which could reach to the bottom, and if you took a lot of church steeples and put them on top of each other they still wouldn't reach from the seabed to the surface of the water. That's where the king of the sea and his subjects live.

Muy adentro del océano, donde el agua es tan azul como las flores más bonitas de aciano y tan clara como el cristal, está increíblemente profundo. Está tan profundo que no existe en la tierra un cordón tan largo que pueda alcanzar el fondo y si tomaras muchas torres de iglesias y las pusieras una sobre la otra, aún así no llegarían del fondo del mar hasta la superficie del agua; es ahí en esa profundidad donde vive el rey del mar con sus súbditos.

You shouldn't think that the bottom of the sea is covered with nothing but sand. That´s certainly not the case, because on the sand there are the most peculiar flowers and plants, with leaves and stems which are so bendy that if the water moves just a little bit they wave as if they were alive. Fish of all sizes drift between the branches in the same way that birds fly through the trees here on land.

No pienses que el fondo del mar está cubierto solamente con arena. De ninguna manera, porque sobre la arena existen las flores y plantas más extraordinarias, con hojas y tallos que son tan dóciles al doblarse que si el agua las mueve sólo un poquito, se menean como si estuvieran vivas; entre las ramas, nadan pescados de todas las medidas, de la misma manera que los pájaros vuelan a través de los árboles aquí sobre la tierra.

In the deepest part of the ocean is the castle of the Sea King. It has walls made out of coral, and its tall windows are made of the most transparent amber. The roof is built from shells which open and close as the water runs over them. They look very beautiful, because there is a glittering pearl inside each one which would be suitable for the crown of the queen.

En la parte más profunda del océano está el castillo del Rey del Mar, tiene paredes hechas de coral y sus ventanas altas están hechas del ámbar más transparente. El techo está construído de conchas que se abren y se cierran cuando el agua corre sobre ellas, se ven muy hermosas porque hay una perla brillante dentro de cada una, tan brillante que sería apropiada para ponerla en la corona de la reina.

The Sea King had been a widower for a long time, and his old mother looked after his house for him. She was a fine woman, but she was very proud of her great status, and because of that she wore a dozen oysters on her tail, whilst the other aristocrats were only allowed half a dozen.

El Rey del Mar se había quedado viudo hacía mucho tiempo y su mamá avejentada cuidaba de su casa; era una mujer muy elegante, pero estaba muy orgullosa de su fabulosa posición social, por lo cual, siempre llevaba puesta una docena de ostras en su cola, mientras que a los otros aristócratas se les permitía sólo media docena.

However, she certainly deserved to be praised, particularly for the way she looked after the little sea princesses, her six granddaughters. They were all beautiful, but the youngest one was the prettiest. Her skin was as clear and delicate as a rose petal, and her eyes were as blue as the deepest sea. Like all the others, she didn't have any feet; her body ended with the tail of a fish. Throughout the day they played in the great halls of the castle or in and out of the living flowers which grew from the walls. The tall amber windows were kept open, and fish swam inside in the same way swallows fly into our houses when we leave the windows open. The difference was that these fish swam up to the princesses, ate from their hands, and let them stroke them.

Pero sin duda, merecía ser ensalzada, especialmente por la manera que cuidaba de las princesas del mar, sus seis nietas. Todas ellas eran hermosas, pero la menor era la más bonita; su piel era tan clara y delicada como un pétalo de rosa y sus ojos eran tan azules como lo profundo del mar. Al igual que las demás, no tenía pies, pues su cuerpo terminaba con una cola de pescado. Durante el día jugaban en los salones grandes del castillo o entrando y saliendo de las flores que tenían vida, que crecían por las paredes; las ventanas altas de ámbar siempre estaban abiertas y los peces nadaban hacia adentro de la misma manera que las golondrinas vuelan hacia adentro de nuestras casas cuando dejamos las ventanas abiertas. La diferencia estaba en que estos peces nadaban hacia las princesas, comían de sus manos y les permitían que los acariciaran.

Outside the castle was a beautiful garden containing bright red and dark blue flowers, and blossom which was like fire. There was fruit which shone like gold, and everything waved to and fro all the time. The earth was very fine sand, but it was blue, like burning sulphur. There was a strange blue light over everything, as if the blue sky covered everything instead of the dark depths of the sea. When it was calm they could see the sun, which looked like a red purple flower with light streaming from its centre.

Afuera del castillo había un jardín hermoso que contenía flores de color rojo brillante y azul obscuro y cuando floreaban parecían fuego. Había una fruta que brillaba como el oro y todo se meneaba para un lado y otro todo el tiempo. La tierra era arena muy fina, pero era azul, como sulfuro ardiente. Había una luz azul muy extraña que iluminaba todo, como si el cielo azul cubriese todo en lugar de las obscuras profundidades del mar. Cuando estaba todo en calma, podían ver el sol que parecía una flor color rojo púrpura con un raudal de luz que venía desde el centro.

All the young princesses had their own little part of the garden, where they could grow whatever they liked. One of them set out her flowerbed in the shape of a whale; another made hers looked like a little mermaid, and the youngest child made hers circular, like the sun, and grew flowers in it, which were as red as the sunset.

A cada una de las jóvenes princesas se les había dado una parte del jardín donde podían plantar cualquier cosa que quisieran, una de ellas plantó sus flores en la forma de una ballena; otra, hizo que las suyas estuvieran plantadas en la forma de una sirenita y la chica más pequeña plantó las suyas formando un círculo, como el sol y plantaba y cultivaba flores tan rojas como el ocaso mismo.

She was an unusual child, quiet and thoughtful. Her sisters loved the wonderful things which they could get from sunken ships, but all she cared about were her pretty flowers, red as the sun, and a particular beautiful marble statue. It had fallen down from shipwreck; it was a statue of a handsome boy carved out of pure white stone.

Era una chica peculirar, diferente a las demás, callada y pensativa, a sus hermanas les gustaban las cosas hermosas que podían adquirir de los barcos que se hundían, pero a ella todo lo que le importaba eran sus flores tan rojas como el sol y una estatua especial que estaba hecha de mármol. Se había caído de un barco que naufragaba, era la estatua de un joven muy guapo tallada en piedra de un blanco puro.

She planted a red weeping willow next to this statue. It grew quickly and soon its branches were hanging over the statue, almost down to the blue sandy bottom. It cast shadows of a violet colour, and they waved back and forth with the branches, so that it looked as if the top of the tree and its roots were playing, trying to kiss each other.

Junto a esta estatua, plantó un sauce rojo, el cual creció muy rápido y pronto sus ramas colgaban sobre la estatua, casi hasta el suelo de arena azulosa. Vertía sombras de un color violeta y se movían hacia atrás y adelante, de tal manera que parecía como si la parte superior del árbol y sus raíces estuvieran jugando, tratando de darse besos.

The greatest pleasure she had was hearing about the world outside the sea. Her old grandmother had to tell her everything she knew about ships and towns, people and animals. It seemed extraordinary, and beautiful, to her to know that the flowers on land had a scent, because those underneath the sea had none; also that the trees in the forest were green, and that the "fish" in the trees could sing so beautifully. Her grandmother had to call the birds fish, because otherwise the little mermaid wouldn't have known what she was talking about, never having seen any birds.

Lo que más le causaba placer a la sirenita era el escuchar hablar del mundo que existía fuera del mar; su abuelita tenía que decirle todo lo que sabía acerca de los barcos y los pueblos, la gente y los animales. Todo le parecía tan extraordinario y hermoso especialmente el saber que las flores que crecían en tierra firme tenían un perfume, ya que las del mar no; también, el saber que los árboles del bosque eran verdes y que los "pescados" –así como los llamaba ella, pero que en realidad eran pájaros- en los árboles podrían cantar tan hermosamente. Su abuelita tenía que nombrar a los pájaros pescado porque, de otra manera la pequeña sirenita no hubiera sabido de lo que su abuelita hablaba, ya que nunca había visto un pájaro.

"When you have got to fifteen years old," her grandmother said, "you will be allowed to go out of the sea and sit on the rocks in the moonlight, as the great ships sail by. You will be able to see the forests and the towns then."

Su abuelita le decía:
-Cuando tengas quince años, se te permitirá ir fuera del mar y sentarte sobre las rocas a la luz de la luna y ver pasar los grandes barcos, entonces podrás ver los bosques y los pueblos.

The next year one of the princesses was turning fifteen, but as there was a year between each of the daughters, the youngest one would still have to wait five years before it was her turn to come out of the ocean and see our part of the earth. However, all of them promised to tell the others what they saw on their first visit, and what they thought was most beautiful. They couldn't get enough of their grandmother's stories–they wanted to know so much.

Al año siguiente, una de las princesas cumplía quince, pero como había un año de diferencia entre cada una de las hijas, la más pequeña tendría qué esperar cinco años más, antes de que fuera su turno para salir del océano y ver parte de la tierra. Sin embargo, todas prometieron decirles a las otras acerca de lo que habían visto en su primera visita y lo que les parecía más hermoso de acuerdo a su propia opinión. No se llenaban de escuchar las historias de su abuelita, tenían tanos deseos de saber.

The youngest wanted her turn to come more than any of them–she was the one who had to wait longest, and was so quiet and thoughtful. On many nights she stood at the open window, looking up through the dark blue water and watching the fish splashing about. She could faintly see the moon and stars, but the water magnified them so they looked bigger to her than they do to us. When something which looked like a black cloud came between her and the moon and stars, she knew that it must either be a whale or a ship full of human beings, who had no idea that a pretty little mermaid was down below them, stretching out her white hands towards them.

La más pequeña ede tods era la que más deseaba que llegara su turno, aunque era la que tenía qué esperar más tiempo y era muy callada y pensativa; hubo muchas noches en las que se paraba junto a la ventana abierta, viendo jugar a los pescados a través del agua azul obscuro. Apenas podía ver débilmente la luna y las estrellas, pero el agua las hacía parecr más grandes de lo que nos parecen a nosotros. Cuando algo que parecía una nube negra se atravesaba entre ella y la luna y estrellas, sabía que debía ser una ballena o un barco lleno de humanos, que no tenían idea que una pequeña sirenita estaba debajo de ellos, estirando sus manos blancas hacia ellos.

Eventually the oldest child was fifteen and was allowed to go up to the surface.

Finalmente la chica mayor cumplió quince y se le permitió subir a la superficie.

When she came back she had hundreds of things to talk about. She said the finest thing of all was to lie on a sandbank in the quiet moonlit sea, close to the shore, and watch the lights of the nearby town, which twinkled like hundreds of stars. You could hear the music, the carriages, the voices of the people, and the merry chimes of the church bells. Because she could only look and listen, and not go near these wonderful things, she wanted them even more.

Cuando regresó, tenía cientos de cosas de las cuales quería hablar, dijo que lo mejor de todo fue acostarse sobre la arena en el mar quieto e ilumado por la luna, cerca de la orilla del mar y mirar las luces del pueblo más cercano, que centelleaban como si fueran miles de estrellas. Podías escuchar la música, los carruajes, las voces de la gente y el toque de las campanas alegres de la iglesia, y el hecho de que ella solo podía mirar y escuchar y no ir cerca de estas cosas hermosas, la hacía desearlas aún más.

How keen the younger sister was to hear all these descriptions! Afterwards, when she stood at the open window and looked up through the dark blue water, she was thinking about the great city, with all its hustle and bustle, and she even imagined that she could hear the church bells ringing down there at the bottom of the sea.

¡La hermana menor estaba tan deseosa de escuchar todas estas descripciones! Más tarde, cuando se paró junto a la ventana abierta y miró a a través del agua color azul obscuro, pensaba acerca de la gran ciudad, con todas sus prisas y bullicio y aún se imaginó que desde ahí abajo en el fondo del mar podía escuchar las campanas de la iglesia tocando.

The next year the second sister was given permission to go up to the surface and to swim where she wished. She went up just at sunset, and she said it was the most beautiful thing to see. The whole sky looked like gold, with violet and rose coloured clouds, impossible to describe, drifting across it. A large flock of wild swans flew across it even faster than the clouds, towards the setting sun, like a long white veil covering the sea. She followed the swans towards the sun, but it sank into the waves, and the pink colours left the clouds and the sea.

Al año siguiente se le dió permiso a la segunda hermana de que subiera a la superficie y nadara donde ella deseara. Salió justo en el momento del ocaso y dijo que era lo más hermoso que podía haber visto. El cielo completo se veía como oro, con nubes color violeta y rosa que iban cruzando los cielos, imposible de describir; un grupo grande de cisnes silvestres voló más rápido que las nubes, hacia la puesta del sol, como si fueran un velo blanco y largo cubriendo el mar. Ella siguió los cisnes, pero se hundió dentro de las olas y los colores rosas se alejaron de las nubes y del mar.

Then the third sister was allowed to go, and she was the bravest of all, because she actually swam up the broad river that ran down to the sea. She saw green hills on the banks, covered with beautiful vines, and palaces and castles could be glimpsed through the tall trees of the forest. She heard the birds singing and the rays of the sun burnt so hot that she often had to dive back under water to cool herself. In a little stream she found a large group of children, almost naked, playing in the water. She wanted to play with them, but they ran away in terror; then a little black animal (it was a dog, but she didn't know that, because she had never seen one) came to the water and barked at her so angrily that she was frightened and hurried back to the open sea. However, she told them that she would never forget that lovely forest, the green hills, and those pretty children who swam through the water, even though they had no tails.

Entonces se le permitió ir a la tercera hermana, ella era la más valiente de todas, pues nadó por el ancho río que corría hacia el mar; en las orillas, vió colinas verdes, cubiertas de enredaderas hermosas y se podían ver palacios y castillos a través de los árboles altos del bosque; escuchó los pájaros cantando y los rayos del sol quemaban tanto que con frecuencia tenía que sumergerse debajo del agua para refrescarse. En un arroyuelo encontró a un grupo grande de niños jugando en el agua casi desnudos, le hubiera gustado jugar con ellos pero corrieron aterrorizados, luego un animalito negro (que no podía describir porque nunca había visto uno) vino al agua a ladrarle tan enojado que la asustó tanto que se regresó al mar nuevamente. Pero les dijo que nunca olvidaría ese bosque hermoso, las colinas verdes y esos niños bonitos que nadaban en el agua, aunque cuando no tuvieran colas.

The next sister was more cautious. She stayed in the middle of the sea, but she said that everything there was just as beautiful as it was nearer the land. She could see for miles around, and the sky looked like a great glass dome. She did see the ships, but they were so far away that they looked like seagulls. The dolphins played in the waves, and the great whales blew water out of their blowholes until it seemed like there were hundreds of fountains shooting in every direction.

La siguiente hermana era más cauta. Se quedó en medio del ma pero dijo que ahi todo era tan hermoso, tal como si estuviera más cerca de la tierra firme. Podía ver por kilómetros a su alrededor y el cielo se veía como una gran cúpula de cristal, vió barcos pero estaban tan lejos que parecían gaviotas. Los delfines jugaban en las olas y las ballenas inmensas expulsaban agua por sus respiraderos, hasta que parecía como si fueran cientos de fuentes disparando en todas direcciones.

The fifth sister's birthday fell in winter, so that when it was her turn to go up she saw things which the others had not seen. The sea was quite green, and there were large icebergs floating around, each one, she said, looking like a pearl, but a pearl which was larger than the churches the humans built. They were of very extraordinary shape and they glittered like diamonds. She sat on one of the largest ones and let the wind blow her long hair about. She saw that all the ships sailed past very quickly, keeping as far away from the iceberg as they could, as if they were afraid of it. When it got towards evening, as the sun set, the sky was covered with dark clouds, there was rolling thunder, and lightning flashes glowed red on the icebergs as they were tossed about by the rough seas. On all the ships the sails were lowered by the frightened sailors, whilst she sat on her floating iceberg, calmly watching the lightning as its forks stabbed into the sea.

El cumpleaños de la quinta hermana cayó en el invierno, así que cuando fue su turno para salir vió cosas que las otras no habían visto: el mar estaba bastante verde y había témpanos de hielo muy grandes flotando, cada uno parecía una perla, pero una perla que era más grande que las iglesias que los humanos construían, eran de formas extraordinaria y brillaban como diamantes. Se sentó sobre uno de los más grandes y dejó que el viento jugara con su pelo largo; vió también que todas las naves marinas pasaban muy rápido, alejándose tanto como podían de los témpanos, tal parecía que les tuvieran miedo. Cuando se acercaba la noche y el sol se ponía, el cielo se cubrió con nubes obscuras, truenos y los relámpagos brillaban de color rojo sobre los témpanos a medida que el mar tosco los revolvía. Los marineros de todos los barcos, muy asustados, bajaban las velas, mientras ella se sentaba sobre su témpano flotando, observando tranquilamente cóm los relámpagos encajaban sus tenedores imaginarios dentro del agua.

All of her sisters, when they first went up to the surface, were thrilled with all those new beautiful sights. Now that they were growing up and were allowed to go back when they wanted to, they really weren't that bothered. They soon wanted to get back home, and after they had spent a month up there they decided it was much more beautiful on the ocean floor, and it was nicer to be at home.

Cuando todas sus hermanas subieron por primera vez a la superficie, estaban encantadas con todas esas espectáculos nuevos, pero ahora que estaban creciendo y se les permitía subir cuando quisieran, ya ni siquiera se molestaban por hacerlo, pronto querían regresar a casa y después de que habían pasado un mes allá arriba determinaron que el piso del océano era mucho más hermoso y era mucho mejor estar en casa.

But often, when evening came, those five sisters would wrap their arms around each other and swim up to the surface together. Their voices were lovelier than any human being, and when a storm was coming and they worried that a ship might get into trouble, they would swim ahead of it, singing sweet songs describing how lovely the bottom of the sea was, begging the sailors not to be afraid if they had to go there. However, the sailors could not understand their song and thought it was just the noise of the storm. They never saw these beautiful things, because if the ship sank, the men drowned and the only things which came to the palace of the Sea King were their corpses.

Pero seguido, cuando llegaba la noche, esas cinco hermanas entrelazaban sus brazos y nadaban juntas hacia la superficie. Sus voces eran más encantadoras que la de cualquier ser humano y cuando una tormenta venía y se preocupaban de que un barco podría tener problemas, nadaban adelante de estos barcos cantando canciones dulces describiendo qué encantador era el fondo del mar, suplicando a los marineros que no tuvieran miedo en caso de que tuvieran qué ir allá, pero los marineros no podían entender lo que cantaban y pensaban que sólo era el ruido de la tormenta, ellos nunca verían esas cosas hermosas, porque si el barco se hundía, los hombres se ahogaban y lo único que venía al palacio del Rey del Mar eran sus cadáveres.

When the sisters swam through the water, arm in arm, their younger sister was standing there quite alone, watching them, ready to cry; but as mermaids do not have tears, she suffered even more, she had no way to let her sadness out.

Cuando las hermanas nadaban a través del agua, con los brazos entrelazados, su hermana menor se quedaba muy solita de pie, observándolas, lista para llorar, pero como las sirenas no tienen lágrimas sufría aún más, no tenía forma de mostrar su tristeza.

"Oh, I wish I were fifteen!" she said. "I'm certain that I will love that world out there, and all the people who live in it."

Ella pensaba:

-¡Ya me gustaría haber cumplido los quince! Estoy segura que me encantará ese mundo allá afuera y toda la gente que vive ahí.

Finally she got to her fifteenth year.

Finalmente, llegaron sus quince años.

"Well, you are all grown up," said the old queen, her grandmother. "Come here, and let me dress you like your sisters." And she put a bunch of white lilies in her hair, and every single leaf was half a pearl. Then she ordered eight large oysters to attach themselves to the princess' tail, to show that she was royal.

Le dijo su abuelita, la reina:
-Bien, ya has crecido. Ven aquí y déjame vestirte como a tus hermanas.
Así que le puso un racimo de lirios blancos en el pelo y cada hoja era media perla, entonces ordenó ocho ostras grandes para que le fueran sujetadas a la cola de la princesa, para mostrar que era parte de la realeza.

"But they are so painful," the little mermaid said.

Dijo la sirenita:
-Pero son tan dolorosas.

"Yes, I know; you must suffer for your status," the old lady answered.

La señora le contestó:
Sí, lo sé, la posición social tiene como precio el dolor.

How happy she would have been to have thrown off all this decoration, and put down those heavy flowers. She would have much preferred to wear the red flowers from her own garden. But she could not do that herself, so she said her goodbyes and drifted up to the surface of the water as gently as a bubble.

Qué feliz la hubiera hecho si hubiera podido tirar todos esos adornos y haber podido quitarse esas flores pesadas. Hubiera preferido mucho más ponerse las flores rojas de su propio jardín. Pero no podía hacerlo ella sola, así que se despidió y subió a la superficie del agua, tan suave como una burbuja.

The sun had just set when she peeked her head above the waves. The clouds were coloured crimson and gold, and the evening star shone through the dusk with all its beauty. The sea was calm, and the air was warm and clean. There was a large ship with three masts lying there on the water. It only had a single sail up, because there was no breeze, and the sailors were sitting around the deck or in the rigging. There was music on board, and song, and as darkness fell they lit hundreds of coloured lanterns, so that it seemed the flags of all nations were waving in the air.

El sol apenas se había puesto cuando la sirenita asomó su cabeza sobre las olas. Las nubes tenían un color de oro y carmesí y la estrella de la noche brillaba con toda su belleza través del crepúsculo; el mar estaba en calma y el aire estaba cálido y limpio. Había en el agua un barco grande con tres mastiles, solamente tenía abierta una vela, pues no había nada de aire y los marineros estaban sentados alrededor de la cubierta o en el cordaje. Había música a bordo, también cantos y a medida que la obscuridad caía, iluminaron cientos de linternas de colores, para que pareciera que las banderas de todas las naciones volaban en el aire.

The little mermaid swam close up to the cabin windows, and occasionally, as she rose up on the waves, she could look through the glass windows and see some wonderfully dressed people.

La sirenita nadó cerca de las ventanas de la cabina y de vez en cuando, cuando las olas la levantaban, podía mirar a través del vidrio de las ventanas y alcanzaba a ver gente vestida de forma maravillosa.

Amongst these people, and the most handsome of all of them, there was a young prince, with large black eyes. He was sixteen years old, and a great party was being held for his birthday. The sailors were dancing on the deck, and when the prince came out of the cabin a hundred fireworks flew into the air, making it bright as day. The little mermaid was so surprised that she dived back down, and when she looked back out again, it seemed as though all the stars from the sky were falling around her.

Entre esa gente (y el más guapo de todos) había un príncipe joven, con grandes ojos negros; él tenía 16 años y se estaba celebrando una gran fiesta por su cumpleaños. Los marineros bailando sobre la cubierta y cuando el príncipe salió de la cabina, volaron por el aire cientos de fuegos artificiales, haciendo que todo brillara como si fuera de día. La pequeña sirenita estaba tan sorprendida que se echó un clavado para regresarse al agua y cuando miró atrás nuevamente, parecía que todas las estrellas del cielo estaban cayendo alrededor de ella.

She had never seen fireworks like these before. They looked like enormous suns, spurting fire, wonderful fireflies flying up into the blue air, and the whole scene was reflected in the clear calm sea below. The ship was lit up so bright that all the people and even the tiniest details were clear. How handsome that young prince looked as he shook hands with his guests, smiling at them, while the music rang out through the clear night air.

Nunca antes había visto juegos artificiales como esos, parecían soles enormes, explosiones de fuego, luciérnagas maravillosas volando hacia el aire azul y toda la escena se reflejaba ahí abajo en el mar claro y tranquilo. El barco estaba iluminado tan brillantemente que todo se veía muy claramente, la gente y aún los detalles más mínimos. Qué guapo se veía ese príncipe cuando saludaba de mano a todos sus invitados, sonriéndoles, mientras la música tocaba fuerte a través del aire claro de la noche.

It was very late, but the little mermaid couldn't stop looking at the ship and the beautiful prince. The coloured lamps had been put out, and the fireworks had stopped, and the cannon no longer fired; however, the sea started to swell, and a moaning, growling sound could be heard beneath the waves. The little mermaid still stayed by the cabin window, bobbing up and down with the waves, so that she could look inside. After a while the sails were raised, and the ship carried on her journey. But soon the waves got bigger, dark clouds covered the sky, and lightning could be seen in the distance. There was a dreadful storm coming. Once again the sails were set, and the huge ship carried on her journey over the stormy sea. The waves rose like the highest mountains, as if they would swamp the mast, but the ship swam like a swan between them, then rose back up on their high foaming peaks. The little mermaid enjoyed this game, but the sailors didn't. Finally the ship started groaning and creaking; the power of the sea broke the thick planks, as the waves smashed on the deck, and the main mast was snapped like a twig; the ship keeled over, and water rushed inside.

Ya era muy tarde, pero la sirenita no podía dejar de ver el barco y al príncipe hermoso, ya habían apagado las linternas de colores, se habían acabado los fuegos artificiales y el cañón ya no lo estaban disparando. Entonces el mar comenzó a acrecentarse y debajo de las olas, se escuchó un gemido, seguido por un gruñido, pero aún así, la sirenita se quedó cerca de la ventana de la cabina tratando de ver hacia adentro, subiendo y bajando con las olas. Después de un rato, las velas se levantaron y el barco continuó su travesía; pero pronto, las olas crecieron, el cielo se cubrió de nubes obscuras y a lo lejos, se podían ver los relámpagos, venía una tormenta terrible. Una vez más las velas estaban listas para navegar y el inmenso barco continuó con su travesía a través del tempestuoso mar. Las olas se alzaron tanto como las montañas más altas, como si fueran a anegar el mástil, pero el barco nadó en medio como si fuera un cisne, para elevarse nuevamente en sus cimas espumosas. La sirenita disfrutanba este juego, pero los marineros no. Finalmente el barco comenzó a rechinar y gemir, pues el poderoso mar rompió los tablones anchos mientras las olas golpeaban violentamente la cubierta y el mástil principal se quebró como si fuera una ramita, el barco se volcó y no tardó en inundarse de agua.

The little mermaid realised that the crew were now in danger. Even she had to be careful to make sure she wasn't hurt by the wreckage which was now scattered on the water. Sometimes it was so dark that she couldn't see a thing, but then a flash of lightning would reveal the entire scene to her; she could see all the people who had been on board apart from the prince. When the ship had shattered, she had seen him fall into the deep sea, and she was glad, because she thought that now he could be with her. Then she recalled that human beings couldn't survive in water, and that when he reached her father's palace it was certain that he would be dead.

La pequeña sirenita se dió cuenta de que el personal ahora sí estaba en peligro. Aún ella misma tenía que tener cuidado de no ser lastimada por el destrozo del barco, cuyas piezas se habían regado por el agua. Por momentos estaba tan obscuro que no podía ver nada, pero de pronto alumbraba la luz de un ralámpago y podía verlo todo; podía ver toda la gente que había estado a bordo, pero no al príncipe. Cuando el barco se estrelló, lo vió caer en lo profundo del mar y estaba contenta, porque pensó que ahora él podría estar con ella, pero entonces recordó que los humanos no podían sobrevivir en el agua y que cuando el príncipe llegara al palacio de su papá, con seguridad estaría muerto.

No, he mustn't die! So she swam around amongst the beams and planks which covered the surface of the sea, not thinking that she might be crushed herself. She dived down deep, swam up and down with the waves, and eventually she got to the young prince, whose strength for swimming in the stormy sea was fading. His limbs could move no longer, his beautiful eyes were closed, and he would have died if the little mermaid hadn't come to save him. She kept his head above water and let the waves wash them where they wished.

La sirenita pensó:
¡No, él no puede morir!

Así que la sirenita nadó alrededor y entre las vigas y tablones que cubrían la superficie del mar, sin siquiera pensar que ella misma podía ser lastimada. Se lanzó hasta lo profundo, nadó hacia arriba y abajo con las olas, hasta que finalmente llegó a donde estaba el joven príncipe cuando ya se le estaban acabando las fuerzas de tanto nadar en el mar torrentoso, sus extremidades ya no se podían mover, sus ojos hermosos ya estaban cerrados y hubiera muerto si no hubiera sido porque la sirenita vino a salvarlo, quien se encargó que la cabecita del príncipe estuviera siempre sobre las aguas y dejó que las olas los llevaran a donde quisieran.

In the morning the storm was over, but no part of the ship could be seen. The sun rose, red and shining, and its beams brought the colour back to the prince's cheeks, but he did not open his eyes. The mermaid kissed his high smooth forehead and brushed his wet hair back from his face. She thought that he resembled the marble statue in her little garden, so she kissed him once more and made a wish that he would live.

Al amanecer, la tormenta ya había pasado, pero no se podían ver vestigios del barco, el sol salió brillante y rojo, y sus rayos ayudaron para que el príncipe recobrara el color en sus mejillas, pero no abría sus ojos. La sirena le besó su frente suave y le hizo a un lado el pelo mojado que tenía sobre la cara. En eso, se fijó que se parecía mucho a la estatua de mármol que tenía en su jardincito, así que lo besó nuevamente y pidió un deseo: que el príncipe viviera.

Soon they came in sight of land, and she saw the high blue mountains with the white snowcaps which looked as though a flock of swans was lying there. There was a beautiful green forest close to the shore, and nearby there was a large building; she couldn't tell whether it was a church or a convent. There were orange and lemon trees in the garden, and tall palms in front of the door. There was a little bay here, and the water was as calm as a lake, though very deep. The little mermaid swam to the beach, pulling the handsome prince with her. The beach was covered with fine white sand, and she laid him down in the warm sunshine, making sure that his head was higher than his body. Then some bells rang out from the large white building, and some little girls came out into the garden. The little mermaid swam out farther from the shore and hid herself in some high rocks which rose out of the water. Keeping her head and neck hidden by the waves, she watched to see what would happen to the poor prince.

Pronto, pudo ver que estaban cerca de tierra firme y vió las montañas altas y azules con sus copos de nieve que parecían una manada de cisnes descansando. No lejos de la costa, había un bosque muy verde hermoso y cerca de ahí había un edificio muy grande; en realidad, la sirenita no podía distinguir si era una iglesia o un convento. En el jardín había árboles de naranja y limón y palmas muy altas frente a la puerta; ahí, había una pequeña bahía y el agua estaba tan calmada que parecía un lago, aunque muy profundo. La sirenita nadó hacia la playa jalando consigo al atractivo príncipe. La playa estaba cubierta con arena blanca y finita y lo acostó bajo la tibia luz del sol, asegurándose de que su cabeza quedara en una posición más alta que su cuerpo; entonces, del gran edificio blanco, sonaron algunas campanas y salieron al jardín unas jovencitas. La sirenita nadó lejos de la costa y se escondió en medio de unas rocas altas que sobresalían del agua. Se quedó para ver lo que le sucedería al pobre príncipe.

It wasn't long before a young girl approached the place where the prince was lying. Initially she seemed to be frightened, but only for a moment; she went to fetch other people, and the mermaid watched the prince come back to life and smile at those standing around him. She got no smile, because he did not know that she had saved him. This made her very sad, and when he was taken inside the great building, she dived back into the water and went back to her father's castle.

No pasó mucho tiempo antes de que se acercara una jovencita al lugar donde yacía el príncipe. Al principio parecía estar asustada, pero solo solo por un momento; fue a llamar a la gente y la sirenita vió cómo el príncipe se recobraba y sonrió a aquellos que estaban parados alrededor de él. Ella no sonreía, pues él no supo que ella lo había salvado. Esto la entristeció y cuando se lo llevaron al edificio grande, ella se tiró nuevamente al agua y regresó al castillo de su papá.

She had always been unusually silent and thoughtful, and now she was more so than ever. Her sisters asked what she had seen on her first visit to the surface, but she told them nothing. There were many evenings and mornings when she swam up to the place where she had left the prince. She saw the golden fruit ripening and harvested, she saw the snow on the mountain tops melting, but she never saw the prince, and so she always went back home even more sad than when she had left.

Ella siempre había muy muy pensativa y callada y ahora, lo era aún más que nunca. Sus hermanas le preguntaban qué es lo que había visto en su primera visita a la supervicie, pero no les decía nada, Durante muchas ocasiones, por las noches o por las mañanas, fue al lugar donde había dejado al príncipe. Vió la fruta cuando iba madurando y cuando la cosecharon, vió la nieve sobre las montañas cuando se descongelaba, pero nunca vió al príncipe y así, siempre se regresaba a casa mucho más triste que cuando había salido.

The only comfort she had was to sit in her own little garden and throw her arms around the beautiful marble statue, which looked like the prince. She stopped looking after her flowers, so that they swarmed over the paths, wrapping their long leaves and stems in the branches of the trees, so that the whole place became dark and gloomy.

El único consuelo que tenía era sentarse en su propio jardincito y abrazar fuertemente la hermosa estatua de mármol, que se parecía tanto al príncipe. Dejó de cuidar sus flores, así que crecieron y se regaron por encima de los caminitos, enredando sus hojas y tallos grandes en las ramas de los árboles y todo el lugar se puso obscuro y apagado.

Finally she couldn't stand it any longer, and she told the story to one of her sisters. Then the others heard about it, and soon several mermaids had heard the story, and one of them had a close friend who knew about the prince. She had also seen the party on the ship, and she told them about the place from which the prince came and where his palace was.

Por fin, ya no lo pudo soportar más y le contó todo a una de sus hermanas, después las otras ya lo sabían también y pronto varias sirenas habían escuchado la historia y una de ellas tenía una amiga cercana que sabía algo acerca del príncipe; ella también había visto la fiesta en el barco y les dijo cuál era el lugar a dondce el príncipe pertenecía y donde estaba su palacio.

"Come, little sister," the other princesses said. They wrapped their arms around each other and swam up to the surface of the water, near to the place where they knew they would find the palace of the prince. It was built of bright yellow shining stone, and it had long flights of marble steps, and one of them went right down to the edge of the sea. There were wonderful golden domes over the roof, and amongst the pillars surrounding the whole building there were lifelike marble statues. Through the clear crystal high windows they could see wonderful rooms, with expensive silk curtains and tapestries, and there were beautiful paintings on the walls. In the middle of the largest room there was a fountain, throwing sparkling jets up into the glass dome of the ceiling; the sun shone through it onto the water and on the beautiful plants at the base of the fountain.

Las otras princesas le dijeron a la sirenita:
-Ven hermanita.
Entrelazaron sus brazos una sobre la otra y subieron a la superficie del agua, cerca del lugar donde sabían que encontrarían el palacio del príncipe. Estaba construído de una piedra color amarillo brillante y tenía niveles de escaleras grandes de mármol, y uno de ellos llegaba hasta un poco más abajo de la orilla del mar; sobre el techo, había cúpulas doradas maravillosas y entre los pilares que rodeaban todo el edificio, había estatuas de mármol que parecían tener vida. A través de las ventanas altas de cristal podían ver las recámaras maravillosos, con cortinas de seda muy cara y tapices y sobre la pared, había pinturas hermosas. En medio del cuarto más grande había una fuente, lanzando brillantes chorros de agua que llegaban hasta el techo de la cúpula de vidrio, a través de la cual el sol brillaba y llegaba hasta el agua y a las plantas que estaban en la base de la fuente.

Now that the little mermaid knew where the prince lived, she spent many evenings and nights floating on the water near the palace. She would swim much closer to the shore than any of the others had, and once she swam up the narrow stream which ran under the marble balcony, which cast a broad shadow on the water. She sat here and watched the young prince, who thought that he was alone in the moonlight.

Ahora que la sirenita sabía dónde vivía el príncipe, pasó muchas tardes y noches flotando sobre el agua cerca del palacio, nadaba cerca de la costa, mucho más cerca que lo que ninguna antes lo había hecho y una vez nadó hasta el arroyo estrecho que corría debajo del balcón de mármol, el cual arrojaba una sombra muy ancha sobre el agua. Se sentó ahí y miró al joven príncipe, mientras él pensaba que estaba a solas bajo la luz de la luna.

She often saw him in the evenings, sailing in a beautiful boat with music and flags waving. She would peek out from the green rushes, and if her long silver white hair was caught by the wind, the people who saw it thought she must be a swan, spreading out her wings.

Lo veía en la noche con fecuencia, cuando navegaba en un hermoso bote con música y banderas ondeantes. Se asomaba por en medio de los juncos verdes y si su pelo blanco, largo y plateado era atrapado por el viento, la gente que lo veía pensaba que era un cisne, abriendo sus alas.

She also saw the fishermen putting out their nets by torchlight, and they said many good things about the young prince. This made her very glad that she had saved his life when he was drowning. She remembered how his head had rested on her chest, and how warmly she had kissed him, but he knew nothing about this and so couldn't even dream about her.

También veía a los pescadores con antorchas guardando sus redes y hablando de cosas muy positivas acerca del príncipe. El escuchar esto, hizo que ella se pusiera muy contenta por haber salvado su vida cuando él se estaba ahogando y recordaba su cabeza recostada sobre su pecho y con cuánta ternura lo había besado, pero como él no sabía nada acerca de esto, ni siquiera podía pensar en ella.

She became more and more fond of human beings, and really wished that she could walk around with them, because their world seemed to be so much bigger than hers. They could fly across the sea in ships, and climb up the high hills which pushed into the clouds; the lands they owned, their woods and fields, stretched far away out of sight. There was so much she wanted to know! But her sisters couldn't answer her questions. So she went to speak to her grandmother, who knew all about the world of humans, which she correctly named, "the land above the sea."

Los humanos le gustaban a la sirenita cada vez más y deseaba de verdad poder caminar junto con ellos, porque su mundo parecía ser mucho más grande que el de ella. Podían volar cruzando el mar en barcos y subir las montañas altas que parecían empujar las nubes, le gustaban las tierras que poseían, sus bosques y sus campos que se extendían tanto que los perdía de vista. ¡Había tantas cosas que quería saber! Pero sus hermanas no podían contestar sus preguntas, así que fue a hablar con su abuelita, quien sabía todo acerca del mundo de los humanos, mundo al cual ella le nombraba correctamente:
-El mundo que existe arriba del mar.

"If human beings don't drown," the little mermaid asked, "do they live forever? Do they die, like we do?"

La sirenita preguntó:
-Si los humanos no se ahogan, entonces ¿viven para siempre? ¿o mueren, como nosotros?

"Yes," the old lady replied, "they are also die, and they don't even live as long as us. Sometimes we live for three hundred years, but when we stop living here, we just turn into foam on the surface of the water, and we don't even have a grave for our loved ones to visit. We don't have immortal souls, we shall never be born again; we stop growing. Humans, on the other hand, have souls which are mortal, even after their body has changed into dust. They fly through the clear pure air, out beyond the shining stars. Just as we rise from the water and see all the land on earth, they rise up into mysterious and wonderful lands which we will never see."

La viejecita contestó:
-Si, también mueren, y ni siquiera viven tan largo tiempo como nosotros. Algunas veces vivimos como trescientos años, pero aquí, cuando dejamos de vivir, nos convertimos en espuma en la superfucie del agua y ni siquiera tenemos una tumba para que nos visiten nuestros seres amados. No tenemos almas inmortales, nunca vamos a volver a nacer otra vez, dejamos de crecer. Por otro lado, los humanos tienen almas que son inmortales, aún después de que su cuerpo se ha convertido en polvo; vuelan a través del cielo puro y claro, mucho más allá de las estrellas brillantes; cuando nosotros apenas salimos del agua para ver toda la superficie de la tierra, ellos se elevan a lugares misteriosos y maravillosos que nosotros nunca veremos.

"Why don't we have immortal souls?" asked the little mermaid. "I would gladly give all those hundreds of years I have to live if I could just be a human being for a single day and know that I had the chance of discovering the happiness of that wonderful world of the stars."

La sirenita perguntó:
-Por qué nosotros no tenemos almas inmortales? Con gusto daría todos esos cientos de años de vida si tan solo pudiera ser humana por solo un día y saber que tengo la oportunidad de descubrir la felicidad de ese mundo maravilloso de estrellas.

"You mustn't think about that," the woman said. "We believe that we are much happier and better off than humans."

La mujer le dijo:
-No deberías pensar así, nosotros creemos que somos mucho más felices y vivimos mucho mejor que los humanos.

"So I will die," said the little mermaid, "and I will be washed around like the foam on the sea, and I'll never hear the music of the waves again, or see the pretty flowers or the red sun? Is there anything I can do to get an immortal soul for myself?"

La sirenita dijo:

*-¿Entonces moriré y seré llevada como la espuma sobre el mar y
nunca más volveré a escuchar la música de las olas, ni veré las
flores bonitas o el sol rojo? ¿Hay algo que pueda hacer para
conseguir un alma inmortal para mí?*

"No," said the old woman, "unless you find a man who loves you so
much that you are more important to him than his father or his
mother; if you were all he thought about and loved, and the priest
joined your hands together, and he promised to be faithful to you on
earth and afterwards, then his soul would enter your body, and you
would then have the same chance as the rest of mankind of eternal
happiness. He would be able to give you a soul and keep his own,
but this will never happen. Your fishtail, which we think is so
beautiful, is thought of as quite ugly on earth. They don't know any
better, and they think that in order to be considered good-looking
you must have a pair of limbs, which they call legs.

La mujer le contestó:
*-No, a menos que encontraras un hombre que te ame mucho y que
seas para él más importante que su padre o su madre; si tú fueras lo
único en lo que él pensara y amara y que el sacerdote una sus
manos y ese hombre prometa serte fiel sobre la tierra y más allá de
ella, entonces su alma entraría en tu cuerpo y tú tendrías la misma
oportunidad de obtener la felicidad eterna, que el resto de la
humanidad. Él podrá darte un alma y conservar la suya propia,
pero eso nunca pasará. Tu cola de pescado, la cual nosotros
consideramos que es tan bonita, en la tierra se cree que es muy fea.
Ellos no saben y piensan que para poder ser considerada atractiva,
tienes que tener un par de extremidades, a las cuales les llaman
piernas.*

The little mermaid sighed and looked sadly at her fishtail. "Let's be
happy," the old lady said, "and enjoy ourselves in the three hundred
years we have to live; that's really long enough. Then we can have a
good rest when the time is done. This evening there is going to be a
ball at court."

*La pequeña sirenita suspiró y miró tristemente su cola de pescado.
La viejecita le dijo:*

-Seamos felices y disfrutemos en los trescientos años que tenemos por vivir, que realmente es un tiempo suficientemente largo. Entonces podremos tener un buen descanso cuando el tiempo se cumpla; esta noche habrá una fiesta en la corte.

It was a splendid sight, which we will never see on earth. The walls and ceiling of the great ballroom were made of thick but transparent crystal. There were hundreds of enormous shells, some deep red, others green as grass, with blue fire in them, standing in rows on each side. They lit up the whole room, and shone out through the walls so that the sea was also lit up. Countless fish, large and small, swam past the walls; on some of them their scales glowed with brilliant purple, and others shone like silver and gold. A wide stream flowed through the halls, and the mermen and mermaids danced to the music which they made with their own sweet voices.

Era una vista magnífica, la cual nunca veremos sobre la tierra. Las paredes y el techo del grandioso salón de fiesta, estaban hechos de cristal muy grueso pero transparente. Había cientos de conchas enormes, algunas de color rojo obscuro, otras de color tan verde como el pasto, con fuego azul por dentro, formando líneas a cada lado. Iluminaban el cuarto entero y brillaban a través de las paredes para que el mar también se iluminara. Había una cantidad innumerable de peces, grandes y pequeños, que nadaban detrás de las paredes, en algunos de ellos sus escalas iluminaban con un púrpura muy brillante y otros brillaban como brillan el oro y la plata. A través de los pasillos, corría un arroyo amplio y los jóvenes y señoritas sirenas bailaban al ritmo de la música que ellos mismos producían con sus propias voces dulces.

No one on earth has such sweet voices, but the little mermaid had the sweetest one. Everyone applauded her with their hands and by slapping their tails, and for a moment she felt very happy, because she knew she had the sweetest voice, on earth or in the sea. But before long she remembered once again the world above her; she couldn't forget the lovely prince, or her sadness that she did not have an immortal soul like his. She silently crept out of her father's palace, and whilst everyone was merrymaking inside, she sat in her own little garden, sad and lonely. Then she heard a bugle playing through the water, and she thought, "That is definitely him, sailing above, the one who is at the centre of everything I wish for, and who I would like to trust with all my happiness. I shall risk everything for him and for the chance of gaining an immortal soul. Whilst my sisters dance in my father's palace, I will go and see the sea witch, who has always frightened me so much; she will be able to advise and to help me."

Nadie sobre la tierra tiene voces tan suaves, pero la de la sirenita era la más hermosa de todas. Todos le aplaudían con sus manos y golpeando sus colas y por un momento la sirenita se sintió muy feliz, porque sabía que tenía la voz más dulce que había, sobre la tierra y en el mar. Pero pronto, recordó nuevamente el mundo que existía sobre ella, no podía olvidar al príncipe encantador, tampoco olvidaba la tristeza que sentía al no tener un alma inmortal como la de él; se escabulló del palacio de su padre silenciosamente y mientras todos estaban encantados en el bullicio allá adentro, se sentó en su jardincito, sola y triste. Entonces, a través del agua, escuchó el sonido de una trompeta tocando, y pensó:
-De seguro que es él, navegando allá arriba, aquél que es el centro de todos mis deseos y a quien me gustaría confiarle toda mi felicidad. Arriesgaría todo por él y por la oportunidad de tener un alma inmortal. Mientras mis hermanas bailan en el palacio de mi padre, voy a ir a ver a la bruja del mar, quien siempre me ha dado tanto miedo, ella podrá darme un consejo y ayudarme.

So the little mermaid left her garden and journeyed towards the foaming whirlpools, behind which the sea witch lived. She had never been there before. There were no flowers or grass there, just grey sand stretching out to the whirlpool, where the water, like foaming mill wheels, grabbed everything which came near and hurled it into the bottomless ocean. The little mermaid had to go between these crashing whirlpools before she could get into the land of the sea witch. The road ran for a long way over a warm bubbling swamp, which the witch called her pasture.

Así que la sirenita se alejó de su jardín y comenzó la trayectoria hacia los remolinos espumosos, detrás de los cuales vivía la bruja. La sirenita nunca había ido ahí anteriormente; no había flores o pasto, solo arena gris que se extendía hasta el remolino donde el agua era como ruedas de molino espumoso y atrapaba todo lo que se acercaba y lo arrojaba hasta el océano sin fondo. La pequeña sirenita tenía que pasar en medio de esos remolinos destructores antes de que pudiera entrar a la tierra donde estaba la bruja del mar. El camino era largo e iba sobre un pantano de burbujas, la bruja decía que era su pastizal.

Past this there was the sea witch's house, standing in the middle of a strange forest, in which all the trees and flowers were coral, half animals and plants. They looked like hundred-headed snakes, growing out of the ground. The branches were long slimy arms, and they had fingers like bendy worms, which wriggled from top to bottom. Anything that came past in the sea was grabbed by them and held tight, so that it could never escape.

Después de esto estaba la casa de la bruja del mar, en medio de un bosque muy extraño, en el que todos los árboles y flores eran de coral, mitad animales y mitad plantas. Parecía como si fueran serpientes que nacían del suelo, con cien cabezas. Las ramas eran como si fueran brazos largos y viscosos y tenían dedos que parecían gusanos que se doblaban, los cuales se retorcían de arriba hasta abajo. Cualquier cosa que pasara por ahí en el mar era atrapado por ellos y lo detenían muy fuertemente para que nunca pudiera escapar.

The little mermaid was so terrified by what she saw that she stood still, and her heart was thumping with fear. She almost turned back, but then she thought about the prince and the human soul she wanted so much, and she became brave again. She tied her long flowing hair around her head, so that those creatures couldn't get hold of it. She crossed her hands over her chest, and then she shoved forward like a fish through the water, between the waving arms of those ugly creatures, which stretched out on both sides. She saw that all of them were holding something they had captured with their numerous little arms, which were as strong as iron bands. They were gripping tightly to the white skeletons of human beings who have died in shipwrecks and sunk down into the depths, or the skeletons of animals from the land, and the walls, rafters and chests from ships. Most horrible of all, to the little princess, there was the body of a little mermaid whom they had caught and strangled.

La sirenita estaba tan aterrorizada por lo que veía, que se paró en seco, mientras su corazón casi se le salía del miedo. Ya casi se regresaba, pero entonces pensó en el príncipe y el alma humana que tanto anhelaba y nuevamente recobró el valor, tomó su pelo largo y fluido y lo envolvió muy apretado alrededor de su cabeza para que los animales no pudieran atraparlo, cruzó las manos sobre su pecho y entonces se impulsó hacia adelante, como un pez a través del agua, en medio de los brazos ondeantes de esos animales horribles, que se extendían en ambos lados. Se dió cuenta que todos estaban deteniendo algo que habían capturado con sus numerosos bracillos, que eran tan fuertes como bandas de hierro; apretaban muy fuertemente a los esqueletos blancos de seres humanos que habían fallecido en naufragios y se habían hundido hasta las profundidades; o también detenían esqueletos de animales de tierra y de paredes, de balsas y baúles de barcos. Lo más horrible de todo para la princesita, era el cuerpo de una sirenita a la que habían capturado y estrangulado.

Now she came to an open space of marshy ground in the wood, where there were large flat water snakes rolling in the mud, displaying their ugly dull bodies. In the middle of this place there was a house, made from the bones of shipwrecked men. There was the sea witch, letting a toad eat out of her mouth in the same way that people sometimes feed a canary with sugar. She called the ugly water snakes her "little chicks" and let them crawl over her chest.

Entonces, llegó a un área despejada que era como piso pantanoso en el bosque, donde había serpientes planas de agua, que se revolcaban en el lodo, presumiendo sus cuerpos opacos y feos. En medio de este lugar había una casa, hecha de huesos de hombres que habían muerto en naufragios. Ahí estaba la bruja del mar, permitiéndole a un sapo comer de su boca de la misma manera que las personas algunas veces alimentan a sus canarios con azúcar. A las horribles serpientes de agua, la bruja las nombraba "pollitos" y les permitía que se arrastraran sobre su pecho.

"I know what you want," said the sea witch. "Is a very stupid thing for you to want, but you shall have it, even though it will bring you sadness, my pretty princess. You want to get rid of your fishtail and have a pair of legs instead, like human beings, so that the young prince will fall in love with you and you will gain an immortal soul." The witch then laughed in such a loud disgusting way that the toad and snakes slipped to the ground and lay there wriggling.

La bruja del mar dijo:
-Ya sé lo que quieres, es muy tonto que lo desees, pero lo tendrás, aunque te traerá tristeza, mi linda princesita. Quieres deshacerte de tu cola de pescado y en su lugar, quieres un par de piernas como los humanos, para que el príncipe se enamore de ti y tú obtengas un alma inmortal.
Entonces, la bruja se rió a carcajadas de una manera tan repugnante que las serpientes y el sapo se escurrieron al suelo y se quedaron retorciéndose ahí.

"You have come just in time," said the witch, "because once the sun rises tomorrow, I wouldn't have been able to help you until the end of the next year. I will prepare a potion for you, and you must swim to the land tomorrow before sunrise; when you get there you should drink it. Your tail will disappear, and it will shrivel up and turn in to what humans call legs.

La bruja añadió:
-Has venido justo a tiempo, porque una vez que se ponga el sol mañana, yo ya no tendría la posibilidad de ayudarte sino hasta el final del año próximo. Te prepararé una poción, y mañana deberás nadar a tierra antes del amanecer, cuando llegues ahí, debes tomártelo. Tu cola desaparecerá, y se secará y se convertirá en lo que los humanos llaman piernas.

"You will feel a great deal of pain, as if you were being stabbed with a sword. But everyone who sees you will say that you are the prettiest little human being they have ever seen. You will still have the same grace in your movements, and no dancer will ever be, as light on their feet as you. However, every step you take will feel as though you are walking on sharp knives, as if your feet were being torn to shreds; if you think you can tolerate this, I will help you."

-Sentirás mucho dolor, como si te estuvieran apuñalando con una espada, pero todos los que te vean dirán que eres el ser humano más hermoso que jamás hayan visto. Conservarás la misma elegancia en tus movimientos y no habrá bailarina que baile con la habilidad que tú lo hagas, sin embargo en cada paso que des, sentirás como si caminaras sobre cuchillos filosos, como si tus pies se estuvieran deshaciendo en pedazos, si piensas que puedes soportar eso, te ayudaré.

"Yes, I will," the little princess said in a shaky voice, thinking of the prince and of her immortal soul.

La princesita dijo con una voz temblorosa, pensando en el príncipe y en su alma inmortal:
-Sí, lo soportaré.

"But you should think some more," said the witch, "because once you have turned into a human being, you will never be a mermaid again. You can't go back through the water to see your sisters or go back to your father's palace. If you don't win the love of the prince, so that he becomes willing to give up his father and mother for your sake and to love just you, and to let the priest put your hands together as man and wife, then you will never gain an immortal soul. If he marries someone else, the next morning your heart will break and you will turn into foam, drifting on the waves."

La bruja le dijo:
-Yo creo que lo deberías de pensar un poco mejor, porque una vez que te hayas convertido en humano, jamás volverás a ser sirena, ya no podrás regresar a través del agua a ver a tus hermanas o volver al palacio de tu padre. Si no te ganas el amor del príncipe, de tal manera que él decida dejar a su madre y a su padre por ti y decida también amarte solo a ti y permita que el sacerdote les una las manos como como esposo y esposa, entonces, tú no obtendrás un alma inmortal. Si se casa con alguien más, a la mañana siguiente tu corazón se quebrará y tú te convertirás en espuma que va a la deriva por las olas.

"I will do it," said the little mermaid, turning deathly pale.

Dijo la princesita, mientras se ponía tan pálida, que parecía palidez de muerte:
-Lo haré.

"But I must be paid for my services, as well," said the witch, "and I'm not going to ask for some little thing. You have the sweetest voice of anyone living here under the sea, and you think that you will be able to charm the prince with it. But you must give me that voice. That is the best thing you own, and I want it as the price of my medicine, for which I will have to give up my own blood for the mixture so it will be as powerful as a weapon."

Dijo la bruja:

Pero también yo debo recibir un pago por mis servicios y no voy a pedir cualquier cosita. Tienes la voz más dulce que cualquiera que vive aquí bajo el mar y tú piensas que con ella vas a poder encantar al príncipe, más tú debes darme esa voz. Eso es lo mejor que posees y la quiero como el precio de mi medicina, por la cual tendré que dar de mi propia sangre para la mezcla para que será tan poderosa como un arma.

"But if you take away my voice," said the little mermaid, "what do I have left?"

La sirenita le dijo:
-Pero si te llevas mi voz, ¿con qué me quedaré?

"You have your beautiful body, your graceful walk, and your wonderful eyes. Surely you can catch a man's heart with those things. Well, are you brave enough? Stick to your little tongue, so that I can cut it off for my fee; then you will have the potion."

-Tienes tu hermoso cuerpo, tu caminar elegante, y tus ojos hermosos. Seguramente puedes ganarte el corazón de un hombre con esas cosas. Bueno, ¿eres lo suficientemente valiente? Saca la lengua, para que te la pueda cortar y sea mi pago y después te daré la poción.

"Very well," said the little mermaid.

Dijo la sirenita:
-Muy bien.

Then the witch put her cauldron on the fire, to make the magic potion ready.

Entonces, la bruja puso el caldero sobre el fuego para preparar la poción mágica.

"It's good to be clean," she said, scrubbing out the cauldron with the snakes which she had tied together in a big knot. Then she stabbed herself in the chest, and let her black blood drop into the cauldron. The steam that rose out of it made such horrible shapes that nobody could look at them without being frightened. Over and over that witch threw some new ingredient into the cauldron, and when it began to boil, it sounded like a weeping crocodile. Eventually the magic potion was ready, and it looked like the clearest water.

Dijo:
-Es muy importante estar limpio.
Mientras decía esto, tallaba el caldero con las serpientes que había amarrado juntas en un nudo grande, después, se dió una puñalada en el pecho y dejó correr su sangre negra hasta que cayera en el caldero. El vapor que subió hizo figuras tan horribles que nadie las hubiera podido ver sin asustarse. Una y otra vez, la bruja aventaba un ingrediente nuevo dentro del caldero y cuando comenzó a hervir, sonó como si un cocodrilo estuviera llorando. Finalmente, la poción mágica estaba lista y se veía como agua cristalina.

"There you have it," said the witch. Then she cut off the mermaid's tongue, so that she could never speak or sing again. "If those creatures grab you as you go back through the woods," said the witch, "throw a few drops of this potion over them, and their fingers will break into a thousand pieces." But the little mermaid had no reason to do this, because the creatures jumped back in terror when they saw the glittering potion, which was shining in her hand like a twinkling star.

Dijo la bruja:
-Aquí está.
Entonces, le cortó la lengua a la sirenita, para que nunca pudiera volver a hablar o cantar de nuevo y le dijo:
-Si esos animales te atrapan cuando te regreses a través de los bosques, aviéntales un poco de gotas de esta poción y sus dedos se quebrarán en mil pedazos.
Pero la sirenita no tuvo motivo para hacerlo, pues los animales brincaron hacia atrás aterrorizados cuando vieron brillando la poción, la cual era tan resplandeciente en su mano como una estrella centelleante.

So she quickly went back through the wood and the marsh and between the crushing whirlpools. She saw that the torches in the ballroom in her father's palace had all been put out, and that everybody was asleep. But she didn't dare go inside, because now she was dumb and she was leaving forever, so she felt as if her heart was going to break. She sneaked into the garden, and picked a flower from each of her sisters' gardens, blew a thousand kisses towards the palace, and then swam up through the deep blue waters.

La sirenita se regresó rápidamente y pasó de nuevo a través del bosque y los pantanos y también pasó en medio de los remolinos destructores, notó que las antorchas en el salón de baile del palacio de su papá ya estaban apagadas y que todo el mundo dormía. Pero no se atrevió a ir adentro, porque ahora era muda y se alejaría para siempre, así que sintió como si se le fuera a quebrar el corazón. Se escabulló al jardín y arrancó una flor de cada uno de los jardines de sus hermanas, aventó mil besos hacia el palacio, y luego nadó a través de las aguas azules y profundas.

The sun had not risen when she reached the prince's palace and went towards the beautiful marble steps, but the moon was shining clear and bright. The little mermaid drank the magic potion, and she felt as though a vicious sword had stabbed her through her frail body. She fainted, and lay there like a corpse. When the sun rose and shone over the sea, she came to and felt in great pain, but the handsome young prince was standing in front of her.

El sol aún no había salido cuando llegó al palacio del príncipe y se dirigió a las hermosas escaleras de mármol, pero la luna estaba brillando clara y brillante. La sirenita tomó de la poción mágica y sintió como si una espada violenta la hubiera apuñalado a través de su cuerpo frágil. Se desmayó, y cayó ahí como un cadáver. Cuando el sol salió y brilló sobre ella, volvió en sí y sintió un dolor tremendo, pero el guapo príncipe estaba parado frente a ella.

He was staring at her so hard with his coal black eyes that she looked down at the ground, and realised that her fishtail had disappeared and that she had the prettiest pair of white legs and tiny feet ever seen on a young woman. But she was naked, so she wrapped herself up in her long thick hair. The prince asked who she was and where she had come from. She looked at him sweetly and sadly with her deep blue eyes, but she could say nothing. He took her hand and led her into the palace.

El príncipe la estaba observando tan intensamente con sus ojos de color carbón que ella miró hacia abajo y se dió cuenta que su cola había desaparecido y que tenía el par de piernas blancas y pies pequeños más hermosos que jamás se habían visto en una joven, pero estaba desnuda, así que se arropó en su pelo largo y grueso, el príncipe le preguntó quién era y de dónde había venido. Ella lo miró dulce y tristemente con sus profundos ojos azules, pero no podía decir nada, él la tomó de la mano y la llevó al palacio.

Every step she took was just as the witch had told her it would be; it felt as though she was walking on the points of needles or sharp knives. However, she endured it gladly, and she moved along at the side of the prince, floating like a bubble, and he and everyone who saw her was astonished by her grace. Soon she was dressed in fine robes made of silk and muslin, and she was the most beautiful woman in the palace, but she was still unable to speak or to sing.

Cada paso que daba, era exactamente como la bruja le había dicho que sería: sentía como si estuviera caminando sobre las puntas de agujas o cuchillos filosos. Sin embargo, los padecía con gusto y se movía flotando como una burbuja al lado del príncipe y tanto él como todos los que la veían estaban asombrados por su elegancia. Pronto estaba vestida con ropa finoa hecha de lana y muselina y era la mujer más hermosa en el palacio, pero aún no podía hablar o cantar.

Beautiful female slaves, wearing silk and gold, came forward and sang for the prince and the king and queen. One of them sang better than all the others, and the prince smiled at her and clapped his hands. This made the little mermaid very sad, because she knew that she herself could have sung a much sweeter song previously, and she thought, "If only he knew that I sacrificed my voice in order to be with him!"

Esclavas hermosas que andaban ataviadas con seda y oro, venían y cantaban para el príncipe, y para el rey y la reina. Una de ellas cantaba mejor que todas las demás y el príncipe le sonrió y aplaudió. Esto provocó que la sirenita se sintiera muy triste, pues sabía que en el pasado, podía cantar canciones mucho más dulcemente y pensó:
-¡Si tan sólo supiera que sacrifiqué mi voz tan solo para estar con él!

Next the slaves performed pretty dances, like fairies, with beautiful music playing. The little mermaid lifted her lovely white arms, stood on tiptoe, and glided over the floor, dancing in a way which nobody had ever seen before. Every second she looked more and more beautiful, and her wonderful eyes were more touching to people's hearts than the songs of the slaves had been. Everyone was was entranced, especially the prince, who called her his little foundling. She was happy to dance again, as it pleased him, although every time her foot touched the floor it was as if she were being stabbed with sharp knives.

Enseguida, las esclavas realizaban bailes muy bonitos, com si fueran hadas, con música hermosa tocando para ellas. La pequeña sirenita levantó sus brazos blancos y hermosos, se paró de puntitas y se deslizó por el piso, bailando de una manera en la cual nadie había visto antes. Cada segundo se veía más y más hermosa y sus ojos maravillosos tocaban más profundamente los corazones de la gente, que lo que las esclavas lo habían hecho con sus canciones. Todos estaban estupefactos, especialmente el príncipe, quien la llamó su pequeña niña amparada, ella estaba feliz de bailar nuevamente, como quiera que le placiera a él, aunque cada vez que su pie tocaba el piso era como si estuviera siendo apuñalada con navajas filosas.

The prince said that she would stay with him forever, and she was allowed to sleep by his door, on a velvet cushion. He had a servant's uniform made for her, so that she could go riding with him. They rode together through the sweet smelling woods, with the green branches touching their shoulders, and the little birds singing in the green leaves. They climbed to the tops of high mountains together, and although her tender feet bled so badly that she left bloody footprints wherever she went, she just smiled, and followed him until they were up above the clouds as if they were migrating birds. When they were at the prince's palace, and everyone else was asleep, she would go and sit on the white marble steps, because it helped the pain in her burning feet if she bathed them in the cold sea. That made her remember all of those who were left behind under the sea.

El príncipe dijo que ella se quedaría con él para siempre y se le permitía dormir a un lado de su puerta, sobre un cojín de terciopelo. El le mandó hacer un uniforme de sirvienta, para que así, pudiera ir con el a pasear a caballo. Pasearon juntos a través de los bosques que olían tan dulce, con las ramas verdes tocando sobre sus hombros y los pajaritos cantando sobre las hojas. Escalaron juntos las cúspides de las montañas más altas y aunque los piecitos sensibles de la sirenita sangraban tanto que dejaba huellas ensangretadas dondequiera que iba, solo sonreía y lo seguía hasta que llegaban a lugares más altos que las nubes, como si fueran pájaros migratorios. Cuando estaban en el palacio del príncipe y todos dormían, iba y se sentaba sobre las escaleras de mármol blanco, porque ponerlos dentro del mar frío le calmaba el dolor de los pies que tanto le ardían. Eso la hacía recordar a todos aquellos que había dejado debajo del mar.

One time during the night her sisters came up, with their arms around each other, singing a sad song as they floated on the water. She signalled to them, and they recognised her and told her how much she had upset them; after that, they came to see her every night at the same place. Once she saw her old grandmother, who hadn't surfaced for many years, and the old sea king, her father, with his crown, off in the distance. They reached out their hands towards her, but they didn't come as close to the shore as her sisters had.

En una ocasión durante la noche, sus hermanas subieron hasta ella, con sus brazos entrelazados, cantando una canción triste mientras flotaban sobre el agua, ella les hizo una señal y la reconocieron y le dijeron cuánto les había dolido su partida; después de eso, venían a verla cada noche en el mismo lugar. Una vez vio a lo lejos a su avejentada abuelita, quien no había subido a la superficie desde hacía muchos años y al gran rey del mar, con su corona. Ellos extendieron sus brazos hacia ella, pero no se acercaron tanto a la costa como lo hacían sus hermanas.

As the days passed by she loved the prince more and more, and he loved her in the same way one would love a little child. He never thought of marrying her. But unless he did, she would not be granted an immortal soul, and the morning after he married anybody else, she would turn into foam on the sea.

A medida que los días pasaban ella se enamoraba más y más del príncipe, él la amaba de la forma que uno amaría a un niño pequeño. El nunca pensó en casarse con ella, pero a menos que lo hiciera, a ella no se le otorgaría un alma inmortal y a la mañana siguiente que se casara con alguien más, ella se convertiría en espuma de mar.

"Don't you love me better than anyone?" her eyes seemed to say when he hugged her and kissed her beautiful forehead.

Cuando él la abrazaba y le besaba su hermosa frente, ella parecía decirle con sus ojos:
-¿No es cierto que me amas más que a nadie?

"Yes, you are very special to me," said the prince, "because you have a wonderful heart and you are devoted to me more than anybody else. You seem like a young girl I once saw, who I will never see again. I was in a shipwreck, and the waves washed me ashore near a holy temple where several young girls were worshipping. The youngest of them discovered me and saved my life. I only saw her twice, and she is the only woman in the world whom I could love. But you are so similar to her that you have made me almost forget her. She lives in the holy temple, and can never be allowed out of there, but good luck has given me you in her place. We will never be parted."

El príncipe le decía:
-Sí, tú eres muy especial para mí, porque tienes un corazón maravilloso y te dedicas más a mi, que cualquier otra persona. Te pareces a una joven que vi una vez, a quien nunca volveré a ver jamás. Estaba naufragando, y las olas me arrastraron a la costa cerca de un templo donde varias jovencitas estaban alabando, la más pequeña me descubrió y me salvó la vida. Sólo la vi dos veces, y ella es la única mujer en el mundo a la cual yo podría amar. Pero eres tan parecida a ella que casi me has hecho olvidarla. Ella vive en ese templo y nunca se le va a permitir salir de ahí, pero la buena suerte te ha mandado conmigo para tomar su lugar, nunca nos separaremos.

"No, he doesn't know that it was me who saved his life," the little mermaid thought. "It was I who pulled him from the sea onto the shore with the woods where the temple is; I sat beneath the waves and watched over him until human beings came to help him. I saw that pretty girl whom he loves better than he loves me." The mermaid gave a deep sigh, but she could not weep. "He says that that girl belongs to the whole temple, and will never come out into the world–they will never meet again. I am at his side and I see him every day. I will look after him, and love him, and I will sacrifice my life for him."

La sirenita pensaba:

*-No, no sabe que fui yo quien le salvé la vida, fui yo quien lo sacó
del mar y lo llevó hasta la costa a los bosques donde está el templo;
fui yo quien me senté detrás de las olas y lo cuidé hasta que llegaron
los humanos a ayudarle. Yo vi esa jovencita bonita a quien ama más
de lo que me ama a mi.*

*La sirenita suspiró profundamente, pero no podía llorar y
continuaba pensando:*

*-El dice que que esa jovencita se ha entregado por completo al
templo, y que nunca vendrá afuera al mundo, nunca se conocerán.
Soy yo quien está a su lado y lo veo a diario. Lo cuidaré, amaré y
sacrificaré mi vida por él.*

Very soon there were rumours that the prince was going to marry,
and that a beautiful princess from a neighbouring kingdom has been
chosen as his bride, because a fine ship was being prepared.
Although the prince said that he was only going to pay a visit to her
father, everybody believed that he was going to woo the princess.
Many people were going with him. The little mermaid smiled and
shook her head. She knew what the prince was thinking better than
anybody else.

*Muy pronto había rumores de que el príncipe se iba a casar y que
una princesa de un reino vecino había sido escogida para ser su
prometida, porque un barco elegante estaba siendo preparado y
aunque el príncipe decía que solamente le iba a hacer una visita a
su padre, todos creían que iba a ir a cortejar a la princesa. Mucha
gente iba a ir con él. La sirenita sonrió y sacudió su cabeza. Sabía
mejor que nadie lo que el príncipe estaba pensando.*

"I have to go," he said to her, "and see this beautiful princess. My
parents want me to, but they can't force me to bring her home and
marry her. I can't love her, because she is not the beautiful girl from
the temple, who looks so like you. If I had to choose a bride, I would
choose you, my dumb foundling, with your wonderful eyes." He
kissed her rosy mouth, played with her long waving hair, and put his
head on her heart, whilst she dreamed about being human, having
their happiness and an immortal soul.

El príncipe le dijo:

70

-Tengo que ir y ver esta princesa hermosa. Mis padres desean que lo haga, pero no me pueden forzar a traerla a casa y casarme con ella. No la puedo amar, porque no es la jovencita hermosa del templo, quien se parece tanto a ti. Si tuviera que escoger una novia, te escogería a ti, mi niña amparada y muda, con tus ojos hermosos. Le besó su boquita color rosado, jugó con su largo y ondulado cabello y puso su cabeza sobre su corazón, mientras ella soñaba con ser humano, en tener un alma inmortal y la felicidad que ellos tenían.

"You're not afraid of the sea, my dumb child, are you?" he said, as they stood on the deck of the fine ship which was taking them to the land of the neighbouring king. He explained to her about storms and calms, strange fish in the deeps below, and what divers had seen. She had to smile at his descriptions, because of course she knew what was at the bottom of the sea better than anyone.

Mientras estaban parados sobre la cubierta del grandioso barco que los llevaría a la tierra del rey vecino, el príncipe le dijo:
-No tienes miedo del mar, mi niña muda, ¿verdad?
Le explicó acerca de las tormentas y las calmas, de los peces extraños que había en las profundidades y lo que los buzos habían visto. Ella no pudo más que sonreír por sus descripciones, pues por supuesto que sabía mejor que nadie lo que había al fondo del mar.

In the moonlit night, when everyone on the ship was asleep except for the helmsman, she was out on the deck, looking down through the clear water. She thought that she could see her father's castle, and on the battlements her ancient grandmother, with her silver crown on her head, looking up through the water at the bottom of the ship. Then her sisters came up through the waves, and looked at her sadly, ringing their white hands. She beckoned them, and smiled, and she wanted to tell them how happy she was with her situation. But the cabin boy came up to her, and her sisters dived away, and he thought that all we could see was the foam on the sea.

Bajo la luz de la luna, cuando todos en el barco dormían, excepto el timonel, ella estaba en la cubierta, mirando hacia abajo a través del agua clara. Pensó que podía ver el castillo de su papá, y sobre las murallas, a su abuelita anciana, con su corona de plata sobre su cabeza, mirando hacia arriba a través del agua al fondo del barco. En eso sus hermanas subieron a través de las olas y la miraron con tristeza, mientras se tiraban de los dedos con preocupación. Les hacía señas y sonreía y quería decirles qué feliz era en medio de esa situación. Pero el grumete subió y se dirigió a ella y sus hermanas se alejaron, él pensó que lo único que se veía en el mar era espuma.

The next morning the ship sailed into the harbour of beautiful town in the land of the king whom the prince was coming to visit. The church bells were ringing, and trumpets played from a high tower. There were soldiers with bright flags and with shining bayonets lining the roads as they went through. Every single day was a holiday, with balls and amusements following one after another. However, the princess had not yet appeared. People said that she had been raised and schooled in a religious environment, where she was learning how to be a true queen.

A la mañana siguiente el barco navegó hasta el puerto de un pueblo hermoso en la tierra del rey a quien el príncipe venía a visitar, las campanas de la iglesia estaban sonando y las trompetas tocaban desde una torre alta. Había soldados a los lados del camino con banderas brillantes y con bayonetas deslumbrantes, a medida que avanzaban, cada día era una fiesta, con bailes y diversiones, seguidos uno después del otro. Sin embargo, la princesa todavía no aparecía. La gente decía que había crecido y había sido educada en un ambiente religioso, donde estaba aprendiendo cómo ser una reina verdadera.

Finally she arrived. The little mermaid, who was keen to see if she really was beautiful, had to admit that she had never seen anything more perfect. She had soft fair skin, and her laughing blue eyes beneath long dark eyelashes showed nothing but goodness and honesty.

Finalmente llegó y la sirenita, quien estaba lista para ver si realmente era hermosa, tuvo qué admitir que nunca había visto nada más perfecto. Tenía una piel suave y hermosa, sus ojos sonrientes y azules debajo de las pestañas largas y obscuras, no ensañaban nada más que honestidad y bondad.

"You were the one," said the prince, "who saved my life when I was lying like a corpse on the beach," and he hugged his blushing bride.

*El príncipe dijo, mientras abrazaba a su novia que se sonrojaba:
-Eres tú quien me salvó la vida cuando estaba tirado como un cadáver sobre la playa.*

"Oh, I am deliriously happy!" he said to the little mermaid, "now I have exactly what I wanted. I know that with your great true devotion to me you will be pleased for me."

*Le dijo a la sirenita:
-¡Estoy tan locamente feliz! Ahora sí tengo exactamente lo que deseaba. Sé que con la gran devoción que me tienes, ta dará gusto por mi.*

The little mermaid kissed his hand, feeling as if her heart had already been broken. On the day of his wedding she would die, turning into foam on the sea.

La sirenita le besó la mano, sientiendo como si ya le hubieran roto el corazón. En el día de su boda ella moriría, convirtiéndose en espuma de mar.

All the church bells rang out, and the heralds broke through the town announcing the engagement. Scented oil was burned in precious silver lamps on all the altars. The priests swung their censers and the bride and bridegroom held hands and were blessed by the bishop. The little mermaid, wearing silk and gold, held the bride's train. However, she didn't hear the happy music, and she didn't see the holy ceremony in front of her. All she was thinking of was the black death which was coming to her, and how she had lost everything.

Todas las campanas de la iglesia sonaron y los heraldos corrieron por el pueblo anunciando el compromiso; sobre los altares, se quemaba aceite perfumado en preciosas lámparas de plata; los sacerdotes ondeaban sus incensarios y la novia y el novio se tomaron de las manos y fueron bendecidos por el obispo. La sirenita, quien iba vestida de seda y oro, levantó la cola del vestido de la novia. Sin embargo, no escuchó la música alegre y no vió la linda ceremonia que estaba sucediendo frente a ella. Lo único que pensaba era en la muerte negra que le sobrevenía a ella y cómo lo había perdido todo.

That same evening the bride and bridegroom boarded the ship. There were cannons roaring, flags waving, and in the middle of the ship an extravagant tent of purple and gold had been put up. Inside there were fine couches for the bridal pair to sleep on during the night. There was a favourable wind, and the sails swelled out as the ship glided away smoothly over the calm sea.

Esa misma noche, la novia y el novio abordaron el barco. Había cañones rugiendo, banderas ondeando y en el centro del barco, habían levantado una tienda extravagante de púrpura y oro. Dentro de esta, había sillones finos para que los recién casados durmieran ahí durante la noche. El viento favorecía el barco y las velas se alzaron a medida que al barco se deslizaba suavemente a lo lejos sobre el mar calmado.

When it got dark, some coloured lamps were lit and the sailors had a jolly dance on the deck. The little mermaid couldn't help thinking of the first time she came to the surface of the sea, when she had seen the same sort of happy celebrations, so she also joined in the dance, floating through the air like a swallow chasing his prey, and everybody there was amazed and cheered her. It was the most graceful dance she had ever done. Her tender feet felt as if they were being sliced with sharp knives, but she didn't care about the pain, for the pain in her heart was far worse.

Cuando obscureció, algunas lámparas de colores fueron encendidas y los marineros tenían un baile muy alegre en la cubierta. La sirenita no podía dejar de pensar en la primera vez que vino a la superficie del mar, cuando había visto el mismo tipo de celebración y felicidad, así que también se unió al baile, flotando a través del aire como una golondrina persiguiendo a su presa, mientras todo el mundo ahí estaba asombrado y le aplaudían, era el baile más elegante que había presentado. Sus pies sensibles se sentían como si estuvieran siendo partidos con navajas filosas, pero no le importaba el dolor, ya que el dolor de su corazón era mucho más intenso.

She knew that this was the last evening when she would ever see the prince for whom she had sacrificed her family and her home. She had given up her beautiful voice and suffered unimaginable pain on his behalf every day, and yet he knew nothing about it. This was the last evening she would breathe the same air as him or look with him at the starry sky and the deep sea. An endless night, with no thoughts or dreams, was coming to her. She had no soul, and could never hope to get one now.

Sabía que ésta era la última noche que vería al príncipe por el cual había sacrificado su familia y su hogar. Había perdido su voz hermosa y sufrido dolor intenso cada día por él y aún así, él no sabía nada al respecto. Esta sería la última noche que respiraría el mismo aire que él, o miraría con él el cielo estrellado y el mar profundo. Le esperaba una noche sin fin, sin deseos ni anhelos. No tenía un alma y no tenia esperanzas de llegar a tenerla.

Everything was jolly on the ship until long after midnight. She smiled and danced with everybody else, still thinking of death inside. The prince kissed his beautiful bride and she toyed with his black hair until they went, arm in arm, to rest inside the wonderful tent. Then everything became quiet on board, and only the helmsman was awake. The little mermaid rested her white arms on the rail of the ship and looked eastward to see the first signs of morning, the first sign of the day on which she was going to die. She saw her sisters coming up out of the water. They were as pale as her, but their beautiful hair no longer blew in the wind, for it had been cut off.

En el barco todo era felicidad y alegría hasta después de la media noche. Ella sonrió y bailó con todos los que la invitaban, mientras pensaba en la muerte. El príncipe besó a su hermosa novia mientras ella le acariciaba el pelo, hasta que se alejaron tomados de los brazos, para descansar en la tienda hermosa, luego, todo quedó en silencio y sólo el timonero estaba despierto. La sirenita colocó sus brazos blancos sobre el riel del barco y miró hacia el este, donde ya había signos de que venía la mañana, el primer signo de la mañana en que ella iba a morir. Vio a sus hermanas saliendo del agua, estaban tan pálias como ella, pero el pelo hermoso que tenían ya no se ondulaba con el viento pues se lo habían cortado.

"We have given our hair to the witch," they said, "so that we could get help for you and stop you dying tonight. Look, she has given us this razor sharp knife. Before sunrise you must stab the prince in the heart with it. When his warm blood falls on your feet they will change back into a fishtail, and you will be a mermaid once again, and you can come back to us and live your three hundred years before you turn into foam on the sea. So hurry, one of you must be dead before sunrise. Our old grandmother is grieving so much over your fate that her white hair is falling out, just as ours was cut off by the scissors of the witch. Go and kill the prince, then come back here. Hurry! Can't you see the first red light in the sky? The sun will rise in a few minutes, and you will die."

Le dijeron:
-Le hemos dado nuestro cabello a la bruja para así poder conseguir ayuda para ti y no permitir que mueras esta noche. Mira, nos ha dado esta navaja filosa, con la cual, antes del amanecer, tú debes matar al príncipe de una puñalada en el corazón. Cuando su sangre tibia corra por tus pies, se convertirán nuevamente en una cola de pescado y serás una sirena nuevamente, así, podrás regresar con nosotros y vivir tus trescientos años antes de que te conviertas en espuma de mar. Así que apúrate, uno de los dos tiene que morir antes de que amanezca. A nuestra abuelita le duele tanto lo que te sucede, que hasta se le está cayendo su pelo y al igual que el nuestro fue cortado por la bruja con sus tijeras, ve y mata el príncipe y regresa aquí. ¡Apúrate! ¿Qué no puedes ver los primeros rayos rojos en el cielo? El sol saldrá en pocos minutos y tú morirás.

They gave deep mournful sighs, and then sank back below the waves.

Se despidieron con profundos suspiros y llanto y se volvieron a sumir debajo de las aguas.

The little mermaid pulled back the red curtain of the tent and saw the lovely bride, with her head resting on the chest of the prince. She bent down and kissed his noble forehead, then she looked up at the sky, where the pink dawn was becoming brighter and brighter. She looked at the sharp knife and then looked back at the prince, who whispered the name of his bride in his dreams.

La sirenita abrió las cortinas rojas de la tienda y vió la novia hermosa, con su cabeza descansando sobre el pecho del príncipe, lo alcanzó y besó su frente de noble cuna y luego miró hacia el cielo, donde el rosa del amanecer se hacía cada vez más y más brillante. Miró la navaja filosa y luego miró de nuevo al príncipe, quien susurraba el nombre de su esposa en sus sueños.

It was her who he was thinking about, and the knife twitched in the hand of the little mermaid, but then she threw it far from her, away into the waves. Where it landed the water turned red, and the splashes which shot up looked like blood. She gave one more long regretful glance at the prince, then she threw herself overboard into the sea and she felt her body turning into foam.

Era ella en quien él pensaba y la navaja se sacudía nerviosamente en la mano de la sirenita, pero entonces la lanzó lejos de ella, que llegara hasta las olas, y el lugar donde cayó el agua se puso roja y las salpicaduras que lanzó parecían sangre. Una vez más, miró con dolor al príncipe y después, se tiró por la borda hacia el mar y sintiió que su cuerpo se convertía en esponja.

The sun rose over the waves, and its warm rays shone on the cold foam of the little mermaid, who didn't feel as though she were dying. She could see the bright sunlight, and hundreds of transparent beautiful creatures were floating around her–she could see them through the white sails of the ships and the red clouds in the sky. This speech was lovely, but it could not be heard by living men, just as their shapes could not be seen by them. The little mermaid realised that she had a body like theirs and she carried on rising higher and higher out of the foam, "Where am I?" she asked, and her voice sounded like that of the spirit, the same as those voices she was hearing. Nothing on earth sounded like it.

El sol subió sobre las olas y sus rayos cálidos brillaron sobre la espuma fría de la pequeña sirenita, quien no sintió como si se estuviera muriendo. Podía ver la luz del sol brillando y cientos de animalitos transparentes hermosos, flotaban a su alrededor, los podía ver a través de las blancas velas de los barcos y de las nubes rojas del cielo, su charla era encantadora, pero no podía ser escuchada por los hombres de la misma manera que tampoco podían ver sus figuras. La sirenita se dió cuenta de que tenía un cuerpo como el de ellos y continuaba elevándose más y más, lejos de la espuma y preguntó:
-¿Dónde estoy?
Y su voz se escuchaba como si proviniera del mundo del espíritu, al igual que las voces que estaba escuchando, en la tierra, no había nada que se escuchara de esa manera.

"You are amongst the daughters of the air," one of them answered. "A mermaid does not have an immortal soul, and she can't get one unless she wins the love of a human being. Her eternal fate is in the hands of another. But the daughters of the air, although they don't have immortal souls, can get one for themselves through their good deeds. We fly to warm countries and cool down the heavy air which destroys mankind with disease. We bring the perfume of the flowers to cure the sick.

Uno de ellos contestó:

-Estás entre las hijas del viento. Una sirena no tiene un alma
inmortal y no puede tener una a menos que se gane el amor de un
ser humano, su destino eterno está en las manos de otro. Pero las
hijas del aire, aunque no tienen almas inmortales, pueden obtener
una a través de sus buenas obras. Volamos hacia países cálidos y
enfriamos el aire contaminado que destruye la raza humana con
enfermedades. Traemos el perfume de las flores para curar a los
enfermos.

"After we have worked for three hundred years to do all the good we
can, we are given an immortal soul and we can enjoy the same
happiness which men do. You, poor little mermaid, have tried as
hard as you can to do the things that we do. You have suffered and
tolerated it, and through your good deeds you have raised yourself
up to the spirit world, and now, if you work in the same way for
three hundred years, you will be given an immortal soul."

-Después de que hemos trabajado por trescientos años por hacer
todo el bien que podamos, se nos da un alma inmortal y podemos
disfrutar la misma felicidad de la cual disfrutan los hombres. Tú,
pobre sirenita, has tratado tanto de hacer las cosas que nosotros
hacemos. Lo has sufrido y soportado todo y a través de tus buenas
obras, te has elevado al mundo del espíritu, si trabajas de la misma
manera por los próximos trescientos años, se te dará entonces un
alma inmortal.

The little mermaid raised her eyes wonderingly towards the sun, and
for the first time she could feel that they were full of tears.

La pequeña sirenita, maravillada, levantó los ojos hacia el sol y por
primera vez pudo sentir que estaban llenos de lágrimas.

On the ship where she had left the prince there was much noise and
bustle, and she could see him and his beautiful bride looking for her.
They looked sadly at the white foam, as if they knew that she had
thrown herself overboard. Invisible, she kissed the forehead of the
bride and the prince, and then with the other children of the air she
flew up to a pink cloud which floated above.

En el barco donde había dejado al príncipe había mucho ruido y bullicio y podía verlo, al igual que a su bella esposa, la estaban buscando a ella. Miraron con tristeza a la espuma, como si supieran que se había tirado por la borda. Invisible, le besó la frente a la esposa y al príncipe y después, junto con las otras niños del aire, voló hacia una nube rosa que flotaba arriba.

"After three hundred years, we can float up like this to the kingdom of heaven," she said. One of her companions whispered, "We may get there even sooner; we can go into houses, invisible, where there are children, and each day when we find a good child who pleases his parents and deserves to have their love, the time we spend here is shortened. The child does not know, as we fly through the room, that his good behaviour makes us smile with joy, because that takes a year off our time of three hundred years. However, when we find a naughty or wicked child, then we cry tears of sorrow, and for every tear an extra day is added to our time on earth."

La sirenita dijo:
-Después de trescientos años, podremos flotar así hasta llegar al reino de los cielos.
Una de sus compañeras susurró:
-Podríamos llegar aún antes, pues así invisibles podemos entrar a las casas donde hay niños y cada día cuando encontremos un niño bueno que agrade a sus padres y merezca tener su amor, el tiempo que estamos aquí se acorta. Mientras volamos a través de su habitación, el niño no sabe que su buena conducta nos hace sonreír con gozo, porque eso quitaría un año de nuestro tiempo a los trescientos años. Sin embargo, cuando encontremos a un niño mal portado y travieso, lloramos entonces lágrimas de pena y por cada lágrima, se le añade un día a nuestro tiempo aquí sobre la tierra.

THE SNOW QUEEN (*LA REINA DE LAS NIEVES*)

FIRST STORY: Which Treats of a Mirror and of the Splinters (PRIMER CUENTO: Que se Trata de un Espejo y de las Astillas)

First Story: About a mirror and the splinters.
Primer Cuento: Concerniente a un espejo y las astillas

Now, let us begin. When they get to the end of the story, we will be wiser than we are now, but first we must start.

Muy bien, comencemos, cuando lleguen al fin de la historia, vamos a ser más sabios de lo que ahora somos, pero primero debemos comenzar.

Once upon a time there was a wicked imp, in fact he was the most mischievous of all of them. One day he was in a very good mood, because he had created a mirror which made everything that was good and beautiful be reflected in a way which made it look poor and mean, and every useless ugly thing looked even worse than it had before. If you looked at the most beautiful landscapes in this mirror, they look like boiled spinach, and the loveliest people looked awful, or upside down; their faces were so distorted that you couldn't recognise them, and if anybody had a mole on her face you can be certain that it would be magnified so that it covered their nose and mouth.

Había una vez un diablillo malvado, de hecho era el más travieso de todos. Un día estaba de muy buen humor porque había inventado un espejo que hacía que todo lo que era hermoso y bueno fuera reflejado de una manera en la cual lo hacía ver mezquino y pobre y cada cosa inútil y de aspecto feo se veía aún peor de lo que se veía antes. Si tú vieras los paisajes más hermosos en este espejo, se verían como espinacas hervidas y la gente más encantadora se veía horrible, o volteado con la cabeza hacia abajo, sus caras se veían tan distorsionadas que no podrías reconocerlos y si alguien tenía una verruga en su cara puedes tener la certeza de que sería aumentada tanto que cubriría su nariz y boca.

"This is wonderful!" said the imp. If a man thought something good, then the mirror showed a grin, and the imp roared with laughter at his fine invention. All the little imps who went to school–he ran a school for imps–told each other that this was miraculous; they thought that now finally they could see how the world really looked. They ran around with the mirror, and eventually there wasn't a single bit of country or a person who hadn't been shown distorted in it. So then they thought they would fly up to the sky, and have some fun there. The higher they flew, the more awful the grin on the mirror became, they could hardly hold onto it. They got higher and higher, nearer and nearer the stars, when suddenly the mirror shook so badly with its green frame, that it flew out of their hands and fell down to earth, where it smashed into a hundred million pieces. Now it did even more damage than before, because some of these pieces were hardly the size of a grain of sand, and they were blown around the world, and got into people's eyes and stayed there. When this happened everything the person saw was distorted, or they could only see evil things. This happened because the tiniest bit of the mirror had the same powers as the whole thing. Some people even got a splinter of mirror in their hearts, and that was terrible, because it turned their hearts into lumps of ice. Some of the broken pieces were so large that they were used for windowpanes, and one would not be able to see one's friends through them. Other pieces were made into spectacles, and that was very unpleasant, considering that people were putting on the glasses so that they could see properly. The wicked imp almost choked with laughter, he was very pleased with these results. Those fine splinters were still blowing around in the air, and now we will hear what happened next.

El diablillo dijo:

-¡Esto es maravilloso!

Si un hombre pensaba algo bueno, entonces el espejo le mostraba una mueca y el diablillo rodaba a carcajadas por su invención tan excelente. Era director de una escuela para diablillos y todos los diablillos que asistían se decían entre sí que esto era milagroso, pensaron que ahora sí, finalmente podrían ver el mundo tal y como era en realidad. Corrían para todos lados con el espejo hasta que finalmente, ya no había ni una parte de un país o persona, que no se hubiera mostrado distorsionado con el espejo. Entonces tuvieron la idea de que volarían hasta el cielo y que se divertirían allá, mientras más alto volaban, más horrible se veía la mueca, apenas lo podían contener. Subieron más y más alto, y más y más y cuando estaban cerca de las estrellas, de pronto el espejo comenzó a sacudirse fuertemente con su marco verde, hasta que se les resbaló de las manos y cayó a la tierra, donde se estrelló y quedó en cien millones de piezas. Pero ahora hizo aún más daño que antes, porque algunas de esas piezas eran apenas del tamaño de un grano de arena y volaron alrededor del mundo y se metieron en los ojos de las personas y se clavaron ahí. Cuando esto sucedió, todo lo que la persona veía, estaba distorsionado, o solamente podían ver cosas malas. Esto sucedió porque aún la pieza más pequeña del espejo tenía los mismos poderes que el espejo entero, a algunas personas aún les cayó una astilla del espejo en el corazón y eso era terrible, pues convertían sus corazones en masas de hielo. Algunas de las piezas eran tan grandes, que fueron usadas para vidrios de ventanas y uno no podría ver un amigo a través de ellas pues pensábamos que todos eran nuestros enemigos. Otras piezas fueron hechas como anteojos y eso era muy desagradable, considerando que las personas se ponían los lentes para ver adecuadamente. El diablillo malvado casi se ahogaba de risa, pues estaba muy complacido con los resultados. Esas pequeñas astillas aún estaban volando alrededor en el aire y ahora, escucharemos lo que pasó después.

SECOND STORY: A Little Boy and a Little Girl
(SEGUNDO CUENTO: Un Niñito y una Niñita)

Second Story: A little boy and a little girl
Segundo Cuento: Un niñito y una niñita.

In a large town where there were so many houses, and so many people, that there wasn't any room left for everybody to have a little garden, and most people had to be satisfied with keeping flowers in pots, there lived a pair of little children, who had a garden which was rather bigger than a flowerpot. They were not brother and sister, but they loved each other just as much as if they were. Their parents lived exactly opposite each other. They lived in two attic rooms, and where the roof of one house joined on to that of the other, and the gutter ran along the far end of it, each house had a small window. All you needed to do was step over the gutter, and you could go from one window to the next.

En un pueblo grande donde había muchas casas y tanta gente que ya no había lugar para que todos tuvieran un jardincito y la mayoría de la gente tenía que estar satisfecho con plantar flores en macetas. Ahí, vivía un par de niños que tenían un jardín el cual era más grande que una maceta. No eran hermano y hermana, pero se amaban el uno al otro tanto como si lo fueran. Sus padres vivían exactamente los unos frente a los otros, en habitaciones de desván o áticos y donde el techo de una casa se unía con el techo del otro y la alcantarilla corría a lo largo del final del ático, cada casa tenía una ventana pequeña. Todo lo que necesitabas era cruzar y pisar sobre la alcantarilla y podías ir de una ventana a la otra.

The children's parents kept large wooden boxes there, in which they grew vegetables for the kitchen, and also little rosebushes. There was a rose in each box, and they grew very well. They now had the idea of putting the boxes on the gutter, so that they stretched almost from one window to the other, looking like two walls and flowers. The leaves of the pea plants hung down over the edges, and the rose bushes shot up long branches, wrapping themselves around the windows and then bending towards each other; it was almost as though they had a triumphal arch of leaves and flowers. The boxes were very tall, and the children knew that they must not climb over them; so they often got permission to climb out of the windows to see each other, and they would sit on their little stool amongst the roses, where they played wonderful games. In the winter they couldn't do this. The windows were often frozen, but then they heated copper coins on the stove, and put the hot coins on the window pane, and that would melt out an excellent peephole, nicely round. Out of each one a kind friendly eye would peek–that was the little boy and the little girl looking out. He was called Kay, as she was called Gerda. In the summer they could reach each other with a single bound, but in winter they had to go all the way down stairs, then all the way back up again, and there was a bad snowstorm outside.

Ahí, los papás de los niños tenían una caja grande de madera, en la cual plantaban vegetales para la cocina y tenían también rosales. Había un rosal en cada caja y crecían muy bonitos. Entonces tuvieron la idea de poner las cajas sobre la alcantarilla, así que de esta manera se extendían desde una ventana a la otra y parecían dos paredes y flores, las hojas de las plantas de guisantes colgaban sobre las orillas y los rosales disparaban ramas largas, envolviéndose alrededor en las ventanas y después inclinándose una hacia la otra. Era casi como si tuvieran un arco del triunfo hecho de hojas y flores, las cajas eran muy altas y los niños sabán que no podían subirse ahí. Así que con frecuencia, pedían permiso para salir por las ventanas para verse y se sentaban en sus banquitos en medio de las rosas, donde jugaban juegos estupendos. En el invierno no podían hacer lo mismo, pues las ventanas se congelaban con regularidad, pero entonces calentaban monedas de cobre sobre la estufa y ponían las monedas calientes sobre el panel de la ventana y eso derretería una excelente mirilla, bien redondita. Desde cada una de las mirillas, se asomaba un ojo amigable y amable: Eran el niñito y la niñita mirando hacia afuera. El se llamaba Kay y ella Gerda. En el verano se podían conectar con un salto, pero en el invierno tenían que bajar las escaleras y luego subir de nuevo, esa noche había una tormenta de nieve muy fuerte afuera.

"That is the white bees swarming," said Kay's old grandmother.

La abuelita de Kay dijo:
-Eso es un ejambre de abejas blancas.

"Do these white bees choose a queen?" the little boy asked, because he knew that honeybees always did.

El niño preguntó, porque sabía que las abejas de miel siempre lo hacían:
-¿Estas abejas escogen una reina?

"Yes," said the grandmother, "she flies to where the swarm is thickest. She is the largest of them all, and she can never rest on the earth, she always goes back to the black clouds. On many nights in winter she flies through the streets of the town, and she peeps in through the windows; then they freeze in such a marvellous way that they look like flowers."

Dijo la abuelita:
-Sí, la reina vuela a donde esta lo más grueso del enjambre; es la más grande de todas, y no puede descansar sobre tierra firme, siempre se regresa a donde está lo nublado. Muchas veces, en el invierno, durante la noche, vuela a través de las calles del pueblo y echa un vistazo a través de las ventanas; después, se congelan de una manera tan fascinante, que parecen flores.

"Yes, I've seen that," said both children, so they knew that it was true.

Los dos niños sabían que era cierto, pues contestarona al mismo tiempo:
-Si, lo he visto.

"Can the Snow Queen come inside?" asked the little girl.

La niña preguntó:
-¿Podría entrar aquí la Reina de las Nieves?

"Just let her try!" said the little boy. "Then I would put her on the stove, and she would melt."

El niño contestó:
-¡Déjala que lo intente! si lo hace, la pondría sobre la estufa y se derretiría.

Then his grandmother patted him on the head and told him some other stories.

Entonces su abuelita le palmeó la cabeza y le contó otras historias.

That evening, when little Kay was at home, half undressed, he climbed off on the chair by the window and peeped out of his little peephole. There were a few snowflakes falling, and the largest of them rested on the edge of the flowerpot.

Esa noche cuando el pequeño Kay estaba en casa a medio vestir, se trepó a la silla que se encontraba cerca de la ventana y observó a través de la mirilla y vio que estaban cayendo algunos copitos de nieve y el mayor de ellos descansaba a la orilla de la maceta.

The snowflake got bigger and bigger, until eventually it looked like a young lady, dressed in the finest white gauze, made up of a million little flakes which glittered like stars. She was so beautiful and delicate, but she was made of ice, dazzling, sparkling ice; however, she was alive, she had a fixed stare, with her eyes like a pair of stars, but there was no calm or rest inside them. She nodded at the window, and made a signal with her hand. The little boy was frightened, and he jumped down from his chair; as he did so he thought that he saw a large bird flying past the window.

El copo de nieve crecía y crecía, hasta que finalmente parecía una joven que tenía puesto un vestido hecho de la gaza suave y fina, ella estaba hecha de un millón de pequeños copitos de nieve que brillaban como estrellas, era tan hermosa y delicada, pero era de hielo, hielo deslumbrante y centelleante. De cualquier manera, estaba viva y lo observaba detenidamente, sus ojos parecían un par de estrellas, pero no había paz o descanso dentro de ellos. El niñito estaba asustado y saltó de su silla y en ese momento pensó haber visto un pájaro grande pasar volando por la ventana.

The next day there was a heavy frost, and in the spring came; the sun shone, the green leaves appeared, the swallows built their nests, the windows were opened and once again the little children could sit in their pretty garden, high up on the tiles at the top of the house.

Al día siguiente cayó una helada tremanda y luego llegó la primavera, salió el sol, las hojas verdes aparecieron, las golondrinas construyeron sus nidos, las ventanas fueron abiertas y una vez más los niñitos podían sentarse sobre los azulejos en lo alto de su casa, en su jardín bonito.

That summer the roses were more beautiful than ever. The little girl had learned a hymn which mentioned roses; then she thought about her own flowers, and she sang the verse to the little boy, who then sang along with her:

Ese verano, las rosas estaban más hermosas que nunca. La niñita había aprendido un himno que mencionaba las rosas y pensó en sus propias flores y le cantaba la estrofa al niñito, quien cantaba junto con ella:

"The rose in the valley is blooming so sweetly, and all of the angels are coming down to greet the children."

-La rosa en el valle está floreciendo dulcemente, y todos los ángeles están bajando a saludar a los niños.

The children held each other's hands, and kissed the roses, looking up at the clear sunshine, speaking as if they really could see angels up there. How lovely those summer days were! How wonderful to be out in the air near the growing rosebushes, that looked as if they would never stop flowering!

Los niños se tomaban de las manos y besaban las rosas, mirando hacia la brillante luz del sol, hablando como si de verdad pudieran ver ángeles en lo alto. ¡Esos días de verano ern tan maravillosos! ¡Qué maravilloso sería estar afuera al aire libre cerca de los rosales que crecían, que parecía como si nunca fueran a dejar de florecer!

Kay and Gerda were looking at a picture book of animals and birds, and then, just as the church clock was striking five, Kay said, "Ouch! I can feel a stabbing pain in my heart, and now there's something in my eye!"

Kay y Gerda estaban mirando a un libro de ilustraciones de animales y pájaros, y entonces, justo en el momento que el reloj de la iglesia marcaba las cinco, Kay dijo:
¡Ay, siento un dolor que me traspasa el corazón y ahora tengo algo en el ojo!

The little girl put her arms around his neck. He blinked his eyes, and now nothing could be seen there.

La niñita entrelazó sus brazos al rededor del cuello de Kay. El parpadeaba sus ojos, pero no se veía nada.

"I think I got it out," he said, but he hadn't. It was one of those pieces of glass from the magic mirror, and another piece had gone straight into poor Kay's heart. Soon his heart would become like ice. It didn't hurt him any more, but it was there.

Aunque no era así, Kay dijo:
Creo que he logrado sacarlo.
Era una de esas piezas de vidrio del espejo mágico y otra pieza se había ido directo a su corazón, que pronto, se haría como hielo, ya no le dolía, pero ahí estaba.

"What are you crying for?" he asked, "you look so ugly! There's nothing wrong with me. Oh," he said immediately, "this rose is rotten! And look, this one is growing crooked! These roses really are very ugly! They are just as ugly as the box they're planted in!" then he kicked the box hard with his foot, and tore up both the roses.

Kay se preguntó:
-¿Por qué estás llorando? ¡Te ves tan feo! Yo estoy bien. ¡Y esta rosa está podrida! ¡Además mira, esta está creciendo torcida! ¡Estas rosas están muy, muy feas! ¡Están tan feas como la caja en la que están plantadas!
Entonces, pateó muy fuerte la caja con su pie, despedazando los dos rosales.

"What are you doing?" the little girl cried out, and seeing she was frightened, he ripped up another rose, climbed in through the window, and ran away from dear little Gerda.

La niñita le gritó:
-¿Qué estás haciendo?
Y al ver que estaba a sustada, él arrancó otra rosa, se trepó por la ventana y corrió y se alejó de la pequeña Gerda.

Afterwards, when she brought the same picture book, he would say, "What horrible animals have you got there?" If his grandmother told stories, he was always interrupting her, and if he could he would sneak behind her, put on her spectacles, and imitate the way she talked. He copied everything she did, and everybody laughed at him. Soon he could imitate everybody in the street. He knew exactly how to imitate everything that was odd or unpleasant about them, and when he did so everybody said, "That boy is certainly very clever!" But it was just the glass that he got into his eye, the glass that was sticking in his heart, and it made him tease even little Gerda, who was completely devoted to him.

Después, cuando ella le trajo el mismo libro de ilustraciones, el decía:
¡Qué animales tan horribles tienes ahí!
Si su abuelita les contaba historias, siempre la estaba interrumpiendo y si podía, se le escapaba para ponerse tras ella sin que se diera cuenta, se ponía los anteojos de ella, e imitaba con muecas su manera de hablar; copiaba todo lo que ella hacía, y todos se reían de lo que hacía. Muy pronto, ya podía imitar a toda la gente en la calle; sabía exactamente cómo imitar todo lo que fuera extraño o desagradable acerca de ellos, y cuando lo hacía, todo el mundo decía:
-¡Ese muchacho deveras que se pasa de listo!
Pero era sólo el vidrio que se le metió en el ojo, el vidrio que estaja encajado en su corazón, y que lo hacía que molestara a todos, aún a la pequeña Gerda, quien era tan dedicada a él.

The games he played were now very different to those he had played before, there was no innocence about them. One winter day, when snowflakes were flying about, he held out the skirts of his blue coat, and caught the snow as it fell.

Los juegos que él jugaba ahora, eran muy diferentes a aquellos que jugaba antes, pues ya no había nada de inocente en ellos. En un día de invierno cuando los copos de nieve volaban por todos lados, él jaló la parte inferior de su saco y la llenó de nieve mientras caía.

"Look through this glass, Gerda," he said. Every flake seem to be larger, and it looked like a magnificent flower, or a wonderful star: it was splendid to look at!

El dijo:
-Gerda, mira a través de esta lupa. Cada copo de nieve pareciera ser más y más grande, y se ve como una flor hermosísima, o una estrella preciosa: ¡era fabuloso ver eso!

"Look, how clever!" said Kay. "That's much more interesting than real flowers! They are absolutely perfect, they are faultless–if only they wouldn't melt!"

Continuaba Kay:
¡Mira, qué fabuloso, y es mucho más interesante que las flores mismas! Son absolutamente perfectas, sin ninguna falla, ¡si tan solo no se derritieran!

It was not long after this that Kay came one day with big gloves on, and carrying his little sledge, and he shouted straight into Gerda's ears, "I'm allowed to go and play with the others in the square," and he shot off.

No fue mucho después de esto que Kay vino un día en que traía puestos sus guantes grandes e iba cargando su pequeño trineo y gritó en los oídos de Gerda:
-Tengo permiso de ir y jugar con los otros niños en la plaza.
Así, se alejó corriendo.

There in the marketplace some of the bravest boys used to tie their sledges onto the carts when they went past, and they got a fine ride by being pulled along. It was wonderful! Just as they were all having a good time a large sledge came past: it was painted completely white, and the person inside was wearing a rough white fur cloak, with a cap of the same material. The sledge circled the square twice, and Kay tied his sledge on as quickly as possible and drove off with it. They went on quicker and quicker into the next street, and the driver turned round to Kay and nodded to him in a friendly way, as if they were acquainted. Each time he thought of untying his sledge this person nodded to him, and so he sat still; they carried on until they reached the town gates. The snow began to fall so heavily that the little boy couldn't see more than a foot ahead, but still he carried on. He suddenly dropped the rope he was holding in order to escape the sledge, but it was useless; still his little sledge flew on as fast as the wind. He cried out as loud as he could, but nobody heard him; the snow kept drifting and the sledge flew onwards, sometimes bumping as if they were driving over hedges and ditches. He was really frightened, and he tried to say the Lord's prayer, but the only thing he could remember was his multiplication table.

*En la plaza, algunos de los niños más valientes acostumbraban
amarrar sus trineos a los carruajes cuando pasaban y tenían un
viaje fabuloso al ser tirados por los carros. ¡Era maravilloso! Justo
en el momento cuando más se divertían, un trineo grande pasó por
ahí: estaba pintado de blanco totalmente y la persona que estaba
adentro tenía puesta una capa de peluche blanca que también le
cubría la cabeza. El trineo dió dos vueltas alrededor de la plaza y
Kay amarró su trineo lo más rápido que pudo y se alejó con él. Se
fueron más y más rápido hasta llegar a la siguiente cuadra y el
chofer volteó a ver a Kay y le asintió con su cabeza, era un gesto
amigable, como si fueran conocidos, cada vez que Kay pensaba en
desatar su trineo, esta pesona asentía nuevamente con la cabeza y él
se quedaba muy quieto; así continuaron hasta que llegaron a las
puertas de la ciudad. La nieve comenzó a caer tan fuerte que el
niñito no podía ver más allá de un pie, pero aún así, continuó. De
pronto se le cayó la cuerda que lo estaba deteniendo y ahorá sí
podría escaparse del trineo, pero era inútil, de todas maneras, su
pequeño trineo voló tan rápido como el viento y él gritó tan fuerte
como pudo, pero nadie lo escuchó. La nieve continuaba cayendo y
el trineo voló hacia adelante, algunas veces brincando como si
fueran manejando sobre agujeros. De verdad estaba muy asustado
y trató de rezar el Padre Nuestro, pero lo único que podía recordar
era su tabla de multiplicar.*

The snowflakes grew bigger and bigger, into eventually they looked
like enormous white birds. Suddenly they blew away to one side; the
big sledge stopped, and the driver got out. It was a lady, and her
cloak and cap were made of snow. She was tall and slim, and
blindingly white. She was the Snow Queen.

*Los copitos de nieve caían cada vez más y más grandes, hasta que
poco a poco se veían como si fueran enormes pájaros blancos. De
pronto se alejaron volando haciéndose a un lado; el trineo grande
se detuvo y el chofer se bajó; era una dama y su capa y capuche
estaban hechos de nieve; era alta y delgada y deslumbrantemente
blanca. Era la Reina de las Nieves.*

"We have made good time," she said, "but it is desperately cold. Come here under my fur." She lifted him into the sledge next, wrapped her fur around him, and he felt as though he were sinking into a snow drift.

Dijo:
-Nos hemos divertido mucho pero está excesivamente frío, ven aquí y cobíjate bajo mi capa de peluche.
Enseguida, lo levantó del trineo, envolviéndolo en su capa y él sintió como si se estuviera hundiendo en una ventisca.

"Are you still cold?" she asked, and she kissed his forehead. It was colder than ice, the cold went right through to his heart, which was already almost frozen solid. He felt as though he was about to die–then a moment later he felt fine, he didn't even notice the cold surrounding him.

Al momento que le besaba su frente, ella le preguntó:
-¿Todavía tienes frío?
Estaba más helado que el hielo mismo; ese frío se fué directamente a su corazón, el cual ya estaba casi sólido de tan congelado. Sintió como si estuviera a punto de morir, pero un momento después ya se sentía bien, ni siquiera notó el frío a su alrededor.

"My sledge! Don't forget my sledge!" That was the first thing he thought of. It was there, tied to one of the white chickens, who flew along carrying it on his back behind the large sledge. The Snow Queen kissed Kay again, and he forgot all about little Gerda, grandmother and everyone he had left behind.

Lo primero que pensó fue:
-"¡Mi trineo! ¡No debo olvidar mi trineo!"
Ahí estaba, atado a una de las gallinas blancas, la cual volaba cargando sobre su espalda el trineo grande. La Reina de Las Nieves nuevamente besó a Kay y él se olvidó acerca de la pequeña Gerda, su abuelita y de todos aquellos que había dejado atrás.

"You won't get any more kisses," she said, "or I will kiss you to death!"

Ella le dijo:
-Ya no tendrás más besos, pues si continúo, ¡te besaré hasta matarte!

Kay looked at her. She was very beautiful; he couldn't imagine anyone looking more clever or lovely. She didn't seem icy as she had before, when she had sat outside the window and gestured to him; she seemed perfect to him, he wasn't frightened of her at all, and he told her that he could do maths in his head, even use fractions, and that he knew what size different countries where in square miles, and how many people lived there. She smiled as he spoke. Then he thought that he didn't really know enough, and there was a huge empty space above him. They flew onwards, high over the black clouds, with the storm moaning and whistling as though it were playing some old tune. They flew on over woods and lakes, overseas, and many different countries. Below them the freezing storm rushed onwards, with the wolves howling, and the snow crackling. Big screaming crows flew above them, and even higher up there was the moon, large and bright. Kay kept his gaze fixed on it during the long winter night, and during the days he slept at the feet of the Snow Queen.

Kay la observó, era muy hermosa; no se podía imaginar a nadie que le pareciera más inteligente o encantadora, ya no le parecía tan fría como antes, cuando se había sentado afuera de la venta y le había hecho un gesto; ahora era perfecta a sus ojos, tampoco le tenía miedo en absoluto y él le comentó que podía hacer matemáticas mentalmente, aún usar fracciones y que él sabía cuál era la medida en millas cuadradas en diferentes países y qué cantidad de gente vivía ahí. La Reina de las Nieves sonreía mientras él hablaba. En ese momento él pensó que no sabía lo suficiente y que había un espacio vacío inmenso sobre él. Continuaron volando, mucho más arriba que las obscuras nubes, con la tormenta silbando y gimiendo como si estuviera cantando al tono de una canción antigua. Volaron sobre lagos y bosques, sobre el mar y muchos países diferentes. Abajo, la tormanta congeladora avanzaba con rapidez, con los lobos ahuyando y la nieve crujiendo. Sobre ellos, los cuervos gritaban fuertementey y aún más arriba estaba la luna, grande y brillante, Kay la observaba fijamente durante las noches de ese invierno largo y durante los días, dormía a los pies de la Reina de las Nieves.

THIRD STORY: Of the Flower-Garden At the Old Woman's Who Understood Witchcraft (TERCER CUENTO: Del Jardín En la Casa de la Viejita que Sabía Brujería)

Third Story: About the flower garden at the house of the old woman who understood about witchcraft.

Tercer Cuento: Trata del jardín en la casa de la viejita que sabía brujería.

But what happened to little Gerda when Kay did not come back? Where was he? Nobody knew, nobody could say what has happened. All that the boys knew was that they had seen him tie his sledge to another very fine large one, and it drove down the street and left the town. Nobody knew where he had got to, and there was much sad weeping. Little Gerda wept for a long time, and very bitterly; finally she decided that he must be dead, that he must've been drowned in the river which ran close to the town. Those winter evenings felt very long and horrid!

¿Pero que pasó con la pequeña Gerda cuando Kay ya no regresó? ¿Dónde estaba él? Nadie lo sabía, nadie sabía lo que había pasado. Todo lo que los chicos sabían era que lo vieron atar su trineo a otro muy grande y bonito y que se lo llevó por la calle y a la izquierda hacia el pueblo, nadie sabía a dónde se había ido y había mucho llanto y tristeza. La pequeña Gerda lloró por mucho tiempo y muy amargamente; finalmente llegó a la conclusión que debió haber muerto, que probabemente se ahogó en el río que corría cerca del pueblo. ¡Esas noches de invierno se sentían tan largas y horribles!

Eventually spring arrived, with its warm sunshine.

Finalmente llegó la primavera con su luz cálida.

"Kay has died and gone!" said little girl.

Dijo la pequeñita:
-¡Kay murió y se ha ido!

"I don't believe that," said the sunshine.

La luz del sol le contestó:
-No lo creo.

"Kay is dead and gone!" she said to the swallows.

Les dijo a las golondrinas:
-¡Kay murió y se ha ido!

"I don't believe that," they said: finally little Gerda didn't believe it either.

Las golondrinas le contestaron:
-No lo creo.
Finalmente la pequeña Gerda tampoco lo creyó.

"I shall put on my red shoes," she said, one morning, "Kay has never even seen them, and then I will go down to the river and see if anyone knows anything there."

Una mañana Gerda dijo:
-Me pondré mis zapatos rojos, los que Kay ni siquiera a ver y luego iré al río y veré si alguien de ahí sabe algo.

It was still quite early; she kissed her old grandmother, who was still sleeping, put on her red shoes and went down to the river on her own.

Todavía era muy temprano, besó a su abuelita, quien aún dormía, se puso sus zapatos rojos y se dirigió solita hacia el río.

"Is it true that you have stolen away my little playmate? If you give him back to me, I will give you my red shoes."

-¿Es verdad que te has robado a mi amiguito? Si me lo regresas, ta daré mis zapatos rojos.

She thought that the blue waves nodded to her in a very peculiar way; so she took off her red shoes and threw the pair of them into the river. Her most precious possession, but she didn't throw them very far in, and the little waves quickly washed them back to the shore. It seemed as though the stream was refusing to take her most precious thing, because he knew that it had not taken little Kay. However, Gerda thought that she had not thrown the shoes far enough, so she climbed into a boat which was there in the reeds, went to the end farthest from the shore, and through her shoes out again. The boat was not tied up, and the movement she made me did drift away from the shore. She noticed this, and hurried to get back, but before she could manage it, the boat was more than a yard away from the shore, and was quickly drifting onwards.

Gerda pensó que de alguna manera, las olas azules le hacían señales, así que se quitó los zapatos rojos y los lanzó al río, eran su posesión más preciada, pero no los tiró muy adentro y pronto, las pequeñas ondas los regresaron a la orilla. Parecía como si la corriente se rehusara tomar su posesión más preciada, pues sabía que no había tomado al pequeño Kay. Sin embargo, Gerda pensó que no había lanzado los zapatos lo suficientemente fuerte, así que se subió a una canoa que estaba ahí en las cañas, se fué a la parte más lejana de la orilla y nuevamente lanzó sus zapatos con fuerza pero la canoa no estaba atada y con los movimientos hizo que se alejara de la orilla. Al darse cuenta, inmediatamente trató de regresarse, pero antes de que pudiera controlar la canoa, ya estaba más de un metro lejos de la orilla e iba muy rápido hacia adentro, siendo llevada por la corriente.

Little Gerda was very frightened, and she began to cry, but nobody heard her apart from the sparrows, who couldn't carry her back to land. Still, they flew along the bank parallel with her, singing as if they were trying to comfort her, "Here we are! Here we are!" The boat carried on drifting downstream, with little Gerda sitting quite still with no shoes on her feet, because they were drifting behind the boat, and she couldn't reach them, because the boat was going much faster than they were.

La pequeña Gerda estaba muy asustada y comenzó a llorar pero
aparte de los gorriones nadie la escuchó, aunque estos no la podían
llevar de regreso a tierra, aún así, volaron a la velocidad de la
canoa, a lo largo de la orilla, cantando, como si quisieran
reconfortarla:
-Aquí estamos, aquí estamos.
La canoa continuó yéndose a la deriva, cargando a la pequeña
Gerda, sentada muy quietecita y sin zapatos, ya que estos venían a
la deriva detrás de la canoa pero ella no los podía alcanzar pues iba
mucho más rápido que los zapatos.

The banks on both sides were beautiful, with lovely flowers, ancient
trees, and slopes where the sheep and cows were grazing, but there
were no people.

Por un lado y el otro de las orillas del río estaba hermoso, con
flores encantadoras, árboles muy antiguos y cuestas donde las
ovejas y vacas pastaban, pero no había gente.

"Perhaps this river will take me to little Kay," she said, and then she
was less upset. She got up, and she watched the beautiful green
banks for many hours. Eventually she went past a large cherry
orchard, in which there was a little cottage with funny red and blue
windows. It had a thatched roof, and there were a pair of wooden
soldiers in front of it on sentry duty, who presented arms whenever
anybody passed.

Gerda pensó:
-Probablemente este río me llevará a donde está el pequeño Kay.
Al pensar esto, ya no se sintió tan alterada, se levantó y observó por
horas las hermosas orillas verdes. Finalmente pasó por el jardín de
los cerezos, que era muy grande, en medio del cual había una
pequeña casita campirana con ventanas curiosas de color rojo y
azul. El techo era de paja y había un par de soldados de madera al
frente, haciendo guardia, quienes saludaban con las armas cuando
alguien pasaba.

Gerda called out to them, because she thought they were alive, but of course she didn't get an answer. She got close to them, because the stream had pushed the boat quite near the shore.

Gerda los saludó en voz alta, porque pensó que estaban vivos, pero por supuesto no obtuvo respuesta alguna; se acercó a ellos, porque la corriente había empujado el barco muy cerca de la orilla.

Gerda called out even louder, and then an old woman came out of the cottage, leaning on a crooked stick. She was wearing a large broad brimmed hat, which was covered with paintings of wonderful flowers.

Gerda gritó saludando aún más fuerte y entonces una viejita salió de la casita, se iba apoyando sobre un bastón torcido. Tenía puesto un sombrero muy ancho, el cual tenía pintadas flores hermosas.

"Poor little child!" said the old woman. "How did you manage to get on this great fast flowing river, to be thrown around the world like this!" The old woman waded into the water, and caught the boat with her crooked stick, pulled it over to the bank, and lifted little bird out.

La viejita le dijo:
-¡Pobre niñita! ¿Cómo hiciste para ser tirada al mundo de esta manera y meterte a este río de corriente tan fuerte?
La viejita caminó a través de las aguas y alcanzó la canoa con su bastón torcido, lo jaló hacia la orilla y sacó al "pequeño pajarito".

Gerda was delighted to be back on dry land, but she was rather afraid of this strange old woman.

Gerda estaba encantada de estar nuevamente sobre tierra, pero tenía miedo de esta mujer extraña.

"Now tell me who you are, and how you got here," she said.

Le dijo la viejita:
-Ahora dime quién eres y cómo has llegado aquí.

Gerda told her everything, and the old woman shook her head, saying, "Ahem,ahem!" and when Gerda had told her everything and asked if she had seen little Kay, the woman replied that he hadn't been past her cottage, but he probably would come eventually, and that she shouldn't be upset and should try some of her cherries and look at her flowers, which were better than any in a picture book.

Gerda la platicó todo, y la viejita sacudía su cabeza balbuceando:
-Mmm, mmm.
Cuando Gerda le platicó todo y le preguntó si había visto al pequeño Kay, la mujer contestó que él no había pasado por su casita campirana, pero que muy probablemente vendría al fin, y que ella no debería estar alterada y debería probar algunas de sus cerezas y mirar las flores, que eran mejor que cualquiera de un libro de ilustraciones.

Then she took Gerda's hand and took her inside the little cottage, locking the door. The windows were very high up in the walls, with red, blue and green grass, so that when the sun shone through it made wonderful colours. On the table there were delicious cherries, and Gerda ate as many as she wanted, because she had been told she could. As she ate, the old woman combed her hair with a golden comb, and her hair curled up and shone with a wonderful golden colour around her sweet little face, which was beautifully round and looked like a rose.

Entonces tomó a Gerda de la mano y la llevó adentro de su casita y le puso seguro a la puerta, las ventanas estaban muy altas con césped rojo, azul y verde, para que cuando el sol brillara, se reflejaran colores maravillosos. Sobre la mesa había cerezas deliciosas y Gerda comió tantas como quiso pues se le había dicho que podía hacerlo. A medida que comía, la viejita le peinaba el pelo con un peine de oro y su pelo se enrizaba y brillaba con un color dorado hermoso alrededor de su carita dulce, que era hermosamente redondita y parecía una rosa.

"I've wanted a dear little girl like you for such a long time," said the old woman.

"Now we will see how will we get on." As she combed little Gerda's hair, the little girl started to forget her foster brother Kay more and more, because the old woman knew all about magic. However, she wasn't evil, she only used witchcraft a little bit to keep herself amused, and now she was very keen for little girl to stay with her. So she went out into the garden, reaching her crooked stick towards the rosebushes; although they were waving beautifully in the wind, they all sank back into the earth so that nobody would know they had even been there. The old woman was worried that if Gerda saw the roses she would remember her own rose, and that would remind her of little Kay, and then she would run away.

La mujer le dijo:
-He deseado una niñita como tú por tanto tiempo, ahora veamos qué tal nos llevaremos.
A medida que peinaba el pelo de la pequeña Gerda, la niñita comenzó a olvidarse más y más de su hermano adoptivo Kay, ya que la mujer sabía todo lo referente a la magia. De cualquier manera, no era mala, sólo usaba la brujería un poquito para divertirse y ahora tenía muchas ganas de que la niñita se quedara con ella. Así que salió al jardín, alcanzando los rosales con su bastón torcido y aunque se movían hermosamente con el viento, todos se sumieron dentro de la tierra para que nadie supiera que habían estado ahí. Lo que le preocupaba a la mujer era que si Gerda veía las rosas, recordaría sus propias rosas y que eso traería a su memoria a su pequeño Kay y que entonces se escaparía.

Now she took Gerda into the flower garden. What wonderful sights and smells there were! All the flowers you can imagine, from every season of the year, were standing there, all blooming. No picture book was ever as colourful and beautiful. Gerda jumped with joy, and played there until the sun set behind the tall cherry tree; then she was given a pretty bed, with a red silk eiderdown embroidered with blue violets. She fell asleep, and her dreams were as wonderful as those a Queen might have on her wedding day.

Pues bien, llevó a Gerda al jardín para que viera las flores. ¡Qué
espectáculo tan maravilloso para la vista y el olfato! Todas las
flores que te puedas imaginar estaban ahí y de cada estación del año
y todas floreando; ningún libro de ilustraciones había sido tan
colorido y hermoso. Gerda brincaba de gozo y jugó ahí detrás del
gran árbol de cerezas hasta la puesta del sol, después se le dió una
cama muy bonita, con un edredón, -o colcha de plumas- de seda roja
y bordado con violetas azules. Se quedó dormida y sus sueños
fueron tan hermosos como aquellos que probablemente tenga una
Reina en su día de bodas.

The next morning she went out to play amongst the flowers in the
warm sunshine, and so the day went by. Gerda knew all the flowers,
and although there were a great many there, she still thought that
there was one missing, although she couldn't tell what it was. One
day she was looking at the hat of the old woman, which was painted
with flowers, and she thought that the rose was the most beautiful of
all of them. The old woman had forgotten to take it off her hat when
she had made all the other ones vanish into the earth. But that's what
happens when you're in a rush, you don't think. "What!" said Gerda.
"Aren't there any roses here?" and she ran around in the flower beds,
looking everywhere, but she couldn't find any. Then she sat down
and cried, and her hot tears fell on the ground where a rose bush has
disappeared. When her warm tears watered the ground, the bush
suddenly shot back up as fresh and blooming as it had been when it
disappeared. Gerda kissed the roses, and they reminded her of her
own lovely roses at home, and that made her think of little *Kay*.

A la mañana siguiente fue a jugar en medio de las flores bajo la luz
cálida del sol y así pasó el día. Gerda conocía todas las flores y
aunque había muchísimas ahí, todavía tenía la idea de que faltaba
una, pero no podía acertar cuál sería. Un día, cuando miraba el
sombrero de la viejita, el cual estaba pintado con flores, a ella le
pareció que la rosa era la más hermosa de todas, a la mujer se le
había olvidado quitarla de su sombrero cuando hizo que todas las
otras desaparecieran debajo de la tierra, mas eso es lo que sucede
cuando estás de prisa, no piensas. Gerda dijo:
-¿Cómo? ¿Qué no hay rosas aquí?

Así, comenzó a correr alrededor de donde estaban plantadas todas las flores, buscando por todos lados, pero no pudo encontrar ninguna. Entonces se sentó a llorar y sus lágrimas tibias corrieron sobre el suelo donde el rosal había desaparecido. Cuando sus lágrimas tibias bañaron el suelo, el rosal comenzó a renacer brotando tan fresco y floreando como lo estaba haciendo cuando desapareció. Gerda besó las rosas y le recordaron sus propias rosas encantadoras que tenía en casa y eso la hizo pensar en su pequeño Kay.

"Oh, I've stayed here such a long time!" the little girl said. "I meant to go and look for Kay! Don't you know where he is?" she asked the roses. "Do you think that he is dead and gone?"

La niñita dijo:
-¡Oh, me he quedado aquí por tanto tiempo! ¡Lo que yo quería hacer es ir a buscar a Kay!
Les preguntaba a las rosas:
-¿Saben ustedes dónde está? ¿Piensan que ya murió y se ha ido?

The roses replied, "He certainly isn't dead; we have been down into the earth where all the dead people go, but we didn't see him there."

Las rosas contestaron:
-Con seguridad no está muerto, hemos estado dentro de la tierra a donde se va toda la gente que muere pero no lo vimos ahí.

"Thank you so much!" said little Gerda; she went round all the other flowers, looking inside them, asking, "Don't you know where little Kay is?"

Dijo la pequeña Gerda:
-¡Muchísimas gracias!
Así, fue alrededor a ver a todas las flores, buscando dentro de ellas y preguntando:
-¿Y ustedes saben dónde esta el pequeño Kay?

But every flower was standing in the sunshine, dreaming about its own fairy tales and stories, and they told her lots of things, but not one of them knew anything about Kay.

Pero cada flor estaba bajo la luz del sol soñando acerca de sus propios cuentos de hadas e historias y le dijeron tantas cosas, pero ninguna sabía nada acerca de Kay.

Well, what did the Tiger Lily say?

Y bien, ¿Que fue lo que dijo la Tigridia?

"Can't you hear the drum? Bang! Bang! Those are the only two notes it can play. Always, bang! Bang! Listen to the sad song of the old woman, to the calls of the priests! There is a Hindu woman in her long dress, standing on the funeral pyre; the flames climb up around her and her dead husband, but the Hindu woman thinks about the living person in the fire; the one whose eyes burn hotter than flames, the fire of his eyes stabbing to her heart more than the flames which will soon turn her body into ashes. Can the flame in our hearts die in the flame of the funeral pyre?"

-¿Qué no puedes escuchar el tambor? ¡Bum! ¡Bum! esas son las únicas dos notas que puede tocar. Siempre: ¡Bum! ¡Bum! ¡Escucha la canción triste de la viejita al llamado de los sacerdotes! Hay una mujer hindú que tiene puesto un vestido largo, parada en la pira funeraria, las llamas suben hasta donde están ella y su esposo muerto, pero la mujer hindú se preocupa por la persona viva que está en el fuego, de la cual sus ojos son más ardientes que las flamas, el fuego de los ojos de él parecen apuñalar su corazón más que las llamas mismas que pronto convertirán su cuerpo en cenizas. ¿Pueden las llamas en nuestros corazones morir en la llama de la pira funeraria?

"I don't understand that at all," said little Gerda.

Dijo la pequeña Gerda:
-No entiendo eso en absoluto.

"That's my story," said the lily.

Dijo la Tigridia:
-Yo nunca lo he entendido.

What did the convolvulus say?

¿Qué dijo la enredadera?

"Over a narrow mountain path there is hanging an ancient castle. There's a thick evergreen bush growing on the ruined walls, and there is a lovely girl standing by the altar which is covered with them. She bends over the rails and looks down at a rose. There isn't a more lovely rose on the branches than her; no apple blossom drifting on the wind is lighter! See how her silk dress rustles!

-Sobre un caminito angosto en la montaña está colgando un castillo muy antiguo. Hay un arbusto de hoja perenne que está creciendo sobre las paredes ya arruinadas, y hay una niñita adorable parada junto al altar cubierta de estos arbustos. La niña se inclina sobre los barandales y mira la rosa. ¡En las ramas, no hay rosa más hermosa que ella, y ninguna flor de manzana es más ligera en el viento! ¡Observa el susurro de su vestido de seda al moverse!

"'Hasn't he come yet?"

-¿No ha llegado aún?

"Are you talking about Kay?" little Gerda asked.

Le preguntó la pequeña Gerda:
-¿Te refieres a Kay?

"I'm talking about my story, my dream," the convolvulus answered.

La enredadera le contestó:
-Estoy hablando de mi historia, mi sueño.

What did the snowdrops say?

¿Qué dijo la Flor de Leche?

"Between the two trees there is a long board hanging on ropes to make a swing. There are two little girls sitting on it, and they are swinging to and fro. Their dresses are white as snow, and long green silk ribbons fluttering from their hats. Their brother, who is older than them, stands up on the swing; he wraps his arms around the ropes to keep steady, because in one hand he has a little cup, and in the other one clay pipe. He is blowing soap bubbles. When the swing moves the little bubbles float around, with their colours changing beautifully: the last one is still stuck to the end of the pipe, and it rocks in the breeze. The swing goes to and fro. There is a little black dog, as light as a soap bubble, who jumps up on his hind legs and tries to get into the swing. As it moves the dog falls down, he is angry and barks. They tease him and the bubble bursts! A swing, a bursting bubble–that is my song!"

-En medio de los dos árboles hay una tabla larga colgando de dos cuerdas para hacer un columpio, dos niñitas están sentadas sobre la tabla y se columpian de aquí para allá, sus vestidos son blancos como la nieve y sus sombreros están adornados con cordones de seda verde que aletean con el viento. El hermano mayor de ellas se para sobre el columpio, envuelve sus brazos alrededor de las cuerdas para balancearse, ya que en una mano tiene una taza pequeñita y en la otra una pipa de arcilla. Está soplando burbujas de jabón, cuando el columpio se mueve las burbujitas flotan alrededor con sus colores hermosos cambiando, la última burbuja está atorada al final de la pipa y se mueve en el suave viento. El columpio va de aquí para allá. Ahí está un perrito negro, tan ligero como una burbuja de jabón que brinca sobre la parte trasera de sus piernas y trata de subirse al columpio pero a medida que se mueve el perro se cae, está enojado y ladra. ¡Lo bromean y la burbuja se revienta! Un columpio, una burbuja reventándose, ese es mi cántico!

"That might be a very pretty story, but you make it so sad, and you haven't mentioned Kay."

-Esa puede ser una historia muy bonita pero la haces tan triste, y ni siquiera has mencionado a Kay.

What did the hyacinths say?

¿Qué dijeron los Jacintos?

"Once upon a time there were three sisters, who were very beautiful and completely transparent. One of them had a red dress, the another one's was blue, and the last one was white. They held hands and danced next to the calm lake in the clear moonlight. They were not elves, they were humans. A sweet perfume could be smelled, and the girls disappeared into the wood; the perfume grew stronger, and three coffins, with the three lovely girls in them, glided out of the forest and across the lake: the shining glowworms shine around them like little lamps in the air. Are those dancing girls sleep, or have they died? The smell of the flowers tells us they are dead, and the funeral bell rings for them!"

-Había una vez tres hermans que eran muy hermosas y completamente transparentes. Una de ellas traía un vestido rojo, el de la otra era azul, y el de la última era blanco. Se tomaban de las manos y bailaban cerca del lago tranquilo al claro de la luna, no eran elfas, eran humanas. Se podía oler un perfume dulce y las chichas desaparecían en el bosque. El olor del perfume se hacía cada vez más y más fuerte y tres ataúdes, con las tres chicas adorables adentro, se deslizaban hacia afuera del bosque y a través del lago, las luciérnagas brillan alrededor de ellas como lámparas en el aire. ¿Están durmiendo esas chichas bailarinas, o se murieron? ¡El olor de las flores nos dice que están muertas y la campana del funeral suena para ellas!

"You really make me sad," little Gerda said, "I can't help thinking about those dead girls. Oh! Is little Kay really dead? The roses have been down into the earth, and they say he is not.

Dijo la pequeña Gerda:
-De verdad me has puesto muy triste, no puedo dejar de pensar en esas chicas muertas. ¡Oh! entonces, ¿es cierto que está muerto el pequeño Kay? Las rosas han bajado al fondo de la tierra y dicen que no .

"Ding, dong!" the Hyacinth bells rang. "We're not ringing for little Kay, we don't know about him. That's just our song, it's the only one we sing."

Las campanas de los Jacintos sonaron:
-¡Tilín – tilín! No estamos sonando para el pequeño Kay, no sabemos nada de él. Este es nuestro cántico, es de la única manera que cantamos.

Then Gerda went to the ranunculuses, looking out from the shining green leaves.

Entonces Gerda fue a los Ranúnculos, que se asomaban entre las hojas brillosas.

"You're a lovely little ray of sunshine!" said Gerda. "Tell me if you know where I can find my playmate."

Gerda dijo:
-¡Eres un pequeño rayito de sol adorable! Dime si sabes dónde puede encontrar a mi compañero de juegos.

The flower shone brightly, and it looked back at Gerda. What song could it sing? Like the others, its song didn't say anything about Kay.

La flor brilló reluciente y miró a Gerda. ¿Cuál canción podría cantar? Al igual que las otras flores, su cántico no dijo nada acerca de Kay.

"In a small courtyard the bright sun was shining down at the beginning of spring. The beams shone on the white walls of a neighbour's house, and nearby fresh yellow flowers were growing, shining golden in the warm sunshine. There was an old grandmother sitting in the air; a poor lovely servant girl, her granddaughter, had come for a short visit. She knows her grandmother. There was gold, pure gold in that lovely kiss. That's my story," flower said.

-En un pequeño patio, el brillante sol resplandecía en el principio de la primavera. Los rayos de sol brillaban sobre las paredes blancas de la casa de un vecino y cerca de ahí crecían flores frescas y amarillas, brillando como oro bajo la tibia luz del sol. Había una abuelita ya viejecita sentada en el aire y una pobre y adorable sirvientita, ella era su nieta que vino a visitarla por poco tiempo. La niña conoce a su abuelita y había oro, oro puro en ese beso adorable. Esa es mi historia, dijo la flor.

"My poor old grandmother!" Gerda sighed. "I'm sure she's missing me, and mourning me, as she did little Kay. But I will soon go back home, and I will take Kay with me. It's no use asking the flowers about him, all they know is their ancient stories, and they can't tell me a thing." She tucked up her dress, so that she could run quicker, but the Narcissus tapped against her legs, just as she was going to jump over it. So she stood still, looking at the long yellow flower, asking, "Maybe you know something?" and she bent down to listen to it. What did it say?

Gerda suspiró y dijo:
¡Mi pobre abuelita! Estoy segura de que me está extrañando y guarda duelo por mi, de la misma manera que lo hacía por Kay, pero pronto regresaré a casa y llevaré a Kay conmigo. No vale la pena estarles preguntando a las flores por él, todo lo que saben es sus historias de la antigüedad y no me pueden informar nada.
Se arregló el vestido para poder correr más rápido, pero el Narciso golpeó contra sus piernas justo en el momento que ella lo iba a brincar, así que se quedó quieta y mirando a la flor larga y amarilla le preguntó, inclinándose para escucharlo:
-¿Es posible que tú sepas algo?
¿Qué le dijo?

"I can see myself, I can see myself! Oh what wonderful perfume I have! Up in a little attic room there is a little dancer, standing there half dressed. At one moment she stands on one leg, now on both; she hates the whole world, but she only lives in her imagination. She is pouring water from a teapot over something she's holding in her hand; it is her bodice, it's very good to be clean. The white dress its hanging on a hook; she watched it in that teapot, and ride it on the roof. She puts it on, and ties a yellow handkerchief around her neck, which makes the dress that even whiter. I can see myself, I can see myself!"

-¡Puedo verme, puedo verme! ¡Oh qué perfume tan maravilloso tengo! Arriba en un ático chiquito está parada una pequeña bailarina que está a medio vestir, por momentos parada sobre una sola pierna, luego sobre las dos, odia a todo el mundo, pero sólo vive en su propia imaginación, está sirviendo agua de una tetera, sobre algo que está deteniendo en su mano, es su propio cuerpo, es importante estar limpio. El vestido blanco está colgado de un gancho, ella lo observa en la tetera y lo pasea por el techo. Después se lo pone y amarra un pañuelo amarillo alrededor de su cuello, lo que hace que el vestido se vea aún más blanco. ¡Puedo verme, puedo verme!

"That means nothing to me," said little Gerda. "I'm not interested." She ran off to the far end of the garden.

Le dijo la pequeña Gerda:
-Eso no tiene ningún significado para mi, no estoy interesada. Corrió al otro extremo del jardín.

The gate was locked, but she rattled the rusty bolt until it fell off, and the gate opened. She ran off into the wide world, barefoot. She looked back three times, but nobody followed her. Eventually she couldn't run any more, and she sat down on a large stone. Looking around her, she saw that summer was over; it was late autumn, which you couldn't see when you're in the beautiful garden because there was always sunshine there and flowers all year long.

El cancel estaba bajo llave pero ella movió hacia todos lados el tornillo oxidado hasta que se cayó y el cancel se abrió, se fue corriendo descalza por el ancho mundo, miró hacia atrás tres veces pero nadie la seguía, finalmente ya no podía correr más y se sentó sobre una piedra grande. Mirando a su alrededor, se dió cuenta que el verano ya había pasado, ya era finales de otoño, lo cual no puedes ver cuando estás en un jardín hermoso porque siempre estaba soleado y había flores todo el año.

"Dear me, how long I stayed there!" She said. "It's awesome. I can't stop here any longer." She got up to carry on.

Se dijo a sí misma:
-¡Oh no, cuánto tiempo estuve ahí! ¡Es asombroso, no puedo quedarme aquí más tiempo!
Se levantó para continuar.

How sore and tired her little feet were! It was so cold and dead all around, the long leaves of the weeping willow were yellow, and the mist dripped from them like rain. The leaves fell one after the other, and only the sloe bushes had any fruit on, which was better. How dark and miserable it was in that dreary world!

¡Qué cansados y adoloridos estaban sus piecitos! Todo a su alrededor estaba frío y sin vida, las hojas largas del sauce llorón ya estaban amarillas y el rocío que estilaban era como lluvia. Las hojas caían una detrás de la otra y solo los arbustos de endrino tenían fruta, lo cual estaba mejor. ¡Qué obscuro y triste era todo en ese mundo horrible!

FOURTH STORY: The Prince and Princess

(CUARTO CUENTO: El Príncipe y la Princesa)

Fourth Story: the Prince and Princess
Cuarto Cuento: El Príncipe y la Princesa

Gerda was forced to have another rest when a large raven came hopping over the white snow to stand opposite her. He had been looking at her for a long time and shaking his head now he said, "Caw! Caw!" Meaning good day! Good day! That was the best way he could say it, but he felt sorry for the little girl, and he asked her where she was going all alone. Gerda understood perfectly the word "alone" and realised what it meant, so she told the Raven her whole story, and asked if he had seen Kay.

Gerda se vio forzada a descansar nuevamente cuando un cuervo grande vino saltando sobre la nieve blanca y se paró frente a ella. La había estado buscando por mcho tiempo y gazneando de dijo:
-¡Buenos días! ¡Buenos días!
Esa era la mejor manera que lo podía pronunciar, pero sentía tanta pena por la niñina y le preguntó a dónde iba tan solita. Gerda entendió perfectamente la palabra "solita" y se dio cuenta lo que significaba, así que le platicó al Cuervo toda su historia y le preguntó si él había visto a Kay.

The Raven nodded very seriously, saying, "I may have, I may have!"

El Cuervo asintió con la cabeza muy seriamente y le dijo:
-Muy bien podría ser, muy bien podría ser.

"What, are you sure?" the little girl cried, and she nearly squeezed the Raven to death, she hugged him so tightly.

La pequeñita apretó tan fuerte al Cuervo que casi lo mata, mientras le gritaba:
-¿Cómo? ¿Estás seguro?

"Gently, gently," said the Raven. "I think that I know; I think it might be little Kay. But he has forgotten you in favour of the Princess."

El Cuervo le contestó:
-Tranquila, tranquila, creo saber; creo que puede ser el pequeño Kay. Pero te ha olvidado en favor de la Princesa.

Does he live with a Princess?" asked Gerda.

Gerda le preguntó:
-¿Vive con una Princesa?

"Yes–listen," said the Raven; "but it will be difficult for me to speak your language. If you can understand Raven it would be easier."

El Cuervo le contestó:
-Si, pero escúchame, me será difícil hablar tu idioma, si puedes entender el idioma de los Cuervos sería mucho más fácil.

"No, I never learnt it," said Gerda, "my grandmother knows it, and she can speak gibberish as well. I wish I'd learned it."

Gerda le dijo:
-No, nunca lo aprendí, mi abuelita lo sabe y también puede hablar algarabía. Ojalá y yo lo hubiera aprendido.

"It doesn't matter," said the Raven, "I'll tell you the story as well as I can, however rough it sounds." Then he told her everything he knew.

El Cuervo le dijo:
-No importa, te voy a decir toda la historia lo mejor que pueda, sin importar qué tan torpe se escuche.

"In this kingdom where we are now there's a princess, who is amazingly clever; she has read every newspaper in the whole world, and then she's so clever that she's forgotten all of them. They say that recently she was sitting on her throne–which isn't particularly funny–when she started humming an old tune which was, "Oh, why shouldn't I be married?" "That song has a certain meaning," she said, and she decided that she was going to marry. However, she insisted on having a husband who was able to answer questions when spoken to, not one who just looked as if he were noble, because that's very boring. She gathered all the ladies of the court, and when they heard what she was planning, they were all delighted, saying, "We are very glad to hear it, we were all thinking you should be married." You can believe everything I say," said the Raven, "because I have a lover who is a tame raven in that court, hopping freely around the palace, and she told me all this."

-En este reino donde estamos, hay una princesa que es asombrosamente inteligente, ha leído cada uno de los periódicos de todo el mundo pero es tan inteligente que los ha olvidado todos. Se dice que no hace mucho estaba sentada sobre su trono —el cual no es particularmente divertido- cuando de pronto comenzó a taratear una vieja canción que decía: "¿Oh, por qué no habría de casarme?" entonces dijo:
-Esa canción tiene un significado especial y en ese momento decidió que se iba a casar. Sin embargo insistió en tener un esposo que conteste preguntas cuando se le hagan y no uno al que se le note la nobleza ya que sería muy aburrido. Así que reunió a todas las dams de la corte y cuando escucharon lo que estaba planeando, todas estaban fascinadas diciendo:
-Estamos muy contestas de escuchar esto, ya todas pensábamos que deberías de casarte.
El Cuervo comentó:
-Puedes creer todo lo que digo, porque tengo una novia en esa corte que es una cuervo domesticada que salta libremente por todo el palacio y ella fue la que me lo dijo todo.

"The newspapers immediately came out with a border on the front page made out of hearts and the initials of the Princess, and it said inside that every good-looking young man was welcome to come to the palace and speak to the Princess; anyone who could speak in such a way that it looked as though he would fit in there, he will be the one the Princess would marry.

-Los periódicos inmediatamente sacaron un título en la portada hecho de corazones y las inciales de la Princesa y decía adentro que cada joven guapo era bienvenido al palacio para hablar con la Princesa, quien quiera que pudiera hablar de tal manera que pareciera como si fuera a ajustarse en ese medio, sería el que la Princesa escogería para casarse.

"Yes, yes," said the Raven, "you can believe this; I swear to you it's the truth. Great crowds of people came; there was a real mob, but no one got anywhere on the first two days. When they were out in the street they could all talk well enough, but as soon as they got inside the palace, and saw the guards with their rich silver uniforms, and the servants with their gold uniforms on the staircase, and the large rooms, all lit up, they became shy; when they stood in front of the throne where the Princess was sitting, all they could do was repeat the last thing they had said, and she wasn't particularly interested in hearing it over again. It was as though the people fell under a spell when they got in there, they went into a trance until they came back out into the street; they could certainly say enough once they got outside. There was an enormous queue running from the gates of the town to the palace. I went to have a look myself," said the Raven. "They became hungry and thirsty, but they got nothing from the Palace, not even a glass of water. Some of the cleverest ones, it's true, had taken along some bread-and-butter, but none of them would share it with anyone else, because everyone thought, 'if he looks hungry, the princess won't want him.'"

El Cuervo añadió:

-Sí, sí, puedes creerlo; te juro que es la verdad. Vinieron grandes cantidades de gente, era toda una multitud, pero nadie llegó a ningún lado en los dos primeros días, pues cuando estaban afuera en la calle todos podían hablar muy bien, pero tan pronto entraban al palacio se intimidaban al ver a los guardias con sus uniformes ricamente plateados y los sirvientes en las escaleras con sus uniformes dorados, las habitaciones tan grandes y tan iluminadas; también, cuando estaban de pie ante el trono donde la Princesa estaba sentada, lo único que podían hacer era repetir lo último que habían dicho y por eso ella no estaba particularmente interesada en escuchar lo mismo una y otra vez. Era como si la gente cayera bajo un encanto cuando llegaban ahí, como que entraban en un trance hasta que se rompía cuando salían de regreso a la calle, donde ciertamente podían decir muchas cosas una vez que estaban afuera nuevamente. Había una enorme cola que corría de las puertas del pueblo hasta el palacio, yo mismo fui a echar un vistazo. Estaban hambrientos y sedientos, pero en el palacio no se les daba nada, ni siquiera un vaso de agua. Y es cierto que los más inteligentes traían consigo pan y mantequilla, pero ninguno lo compartía con nadie, porque cada uno pensaba: "Si él se ve hambriento, la Princesa no lo querrá."

"But Kay, little Kay," said Gerda, "when did he come? Was he one of them?"

Gerda dijo:
-Pero Kay, el pequeño Kay, ¿cuándo llegó? ¿era él uno de ellos?

"Be patient, I'm just about to get to him. On the third today a little chap with no horse or any equipment came marching boldly up to the palace; his eyes were shining like yours, he had beautiful long-hair, but he had very shabby clothes on."

El Cuervo le contestó:
-Espera, apenas voy a comenzar con esa parte. Al tercer día un muchacho jovencito y sin caballo o equipo vino directa y atrevidamente hasta el palacio; sus ojos brillaban como los tuyos, tenía pelo largo y hermoso, pero la ropa que tenía puesta estaba muy desgastada.

"That was Kay," cried Gerda, delighted. "Oh, now I've found him!" and she clapped-out hands with joy.

Gerda gritó encantada al mismo tiempo que aplaudía gozasamente sus manos:
-¡Era Kay, oh, lo he encontrado!

"He was carrying a little knapsack," said the Raven.

El Cuervo le dijo:
-Traía cargando una mochila.

"No, I'm sure that would have been his sledge," said Gerda, "because he took his sledge with him when he went away."

Dijo Gerda:
-No, estoy segura que era su trineo, porque es lo que traía cuando se fué.

"It might be," said the Raven, "I didn't look at him that closely; but I know from my tame lover, that he went into the courtyard of the palace, and saw the bodyguard all in their silver uniforms, and the servants on the staircase, and he didn't seem at all shy. He nodded, and said to them, 'It must get very boring just standing there; I think I'll go inside.' The rooms were shining with silver–ministers and other important people walking around barefoot, carrying gold keys; that was enough to make anyone feel out of place. His boots creaked as well, very loudly, but he wasn't in the least bit afraid."

El Cuervo dijo:
-Muy bien pudiera ser. Yo no lo miré tan de cerca, pero mi novia me dijo que llegó hasta el patio del palacio y vió al guardia con toda su pompa y a los sirvientes en las escaleras y no parecía estar intimidado en lo absoluto; les saludó asintiendo con la cabeza y les dijo:
-Debe ser muy aburrido estar parado ahí, mejor iré adentro.

Las habitaciones estaban brillando y llenas de ministros que brillaban con su plata y otra gente importante que caminaba por ahí con los pies descalzos, cargando llaves de oro, eso era suficiente para que cualquiera se sintiera intimidado. Sus botas también rechinaban muy fuerte, pero no tenía ni un poquito de miedo.

"I'm certain that was Kay," said Gerda. "I know he was wearing new boots; I heard them creaking in my grandmother's room."

Gerda dijo:
-Estoy segura que era Kay, sé que tenía puestas unas botas nuevas pues las oí rechinando en la habitación de mi abuelita.

"Yes, they creaked," said the Raven. "He marched straight up to the Princess, who was sitting on a pearl as big as a spinning wheel. All the court ladies, with their servants, and the servants' servants, and all the knights, with their servants and their servants' servants, were standing around, and the nearer they were to the door, the more arrogant they looked. You could hardly look at the servants of the servants, looking so snobbish in the doorway."

El Cuervo dijo:
-Si, rechinaban. Avanzó directo a la Princesa, quien estaba sentada sobre una perla tan grande como una rueca. Todas las damas de la corte, junto con sus sirvientas y las sirvientas de sus sirvientas, y todos los caballeros con sus sirvientes y los sirvientes de sus sirvientes, estaban parados ahí y mientras más cercanos estaban de la puerta, más arrogantes se veían. Difícilmente podías mirar a los sirvientes de los sirvientes, pero se alcanzaban a ver tan petulantes en la puerta.

"It must have been terrible," said little Gerda. "And did Kay reach the Princess?"

Gerda dijo:
-Debió haber sido terrible, ¿y pudo Kay llegar con la Princesa?

"If I wasn't a raven, I would have married the Princess myself, even though I am taken. They say that he spoke to her as fluently as I do when I tell Raven; I learnt this from my tame love. He was brave and well-behaved, saying he hadn't come to woo the Princess, but to hear intelligent things she had to say. She was pleased with him, and he was pleased with her."

El Cuervo dijo:
-Si yo no fuera un cuervo, yo mismo me hubiera casado con la Princesa, aunque ya estoy comprometido. Dicen que él le habló con tanta fluidez como cuando yo hablo el idioma Cuervo, me lo dijo mi amor domesticado. Era muy valiente y se comportaba muy bien, diciendo que él no había venido a cortejar a la Princesa, pero para escuchar las cosas tan interesantes que ella decía. Ella estaba muy complacida con él, al igual que él con ella.

"Yes, yes; that certainly was Kay," said Gerda. "He was always so clever, he could do fractions in his head. Oh, won't you take me to the Palace?"

Gerda dijo:
-Sí, sí, era Kay, con seguridad. Siempre ha sido muy inteligente, podía resolver fracciones mentalmente. Oh, ¿me llevarías al Palacio?

"That's easy for you to say," the Raven answered, "but how shall we do it? I shall speak to my tame lover about it, she must tell us what to do, because I must warn you that a little girl like you will never get permission to go inside."

El Cuervo le respondió:
-Eso es muy fácil de decir, pero, ¿cómo lo haríamos? Debo hablar con mi amor domesticado al respecto, ella me dirá qué hacer porque debo advertirte que una niñita como tú nunca podría obtener permiso de entrar ahí.

"Oh yes I will," said Gerda, "when Kay hears that I'm here, he'll come straight out and get me."

Gerda dijo:

-Oh sí entraré cuando Kay sepa que estoy aquí, vendrá inmediatamente a encontrarme.

"Wait for me on the steps," said the Raven. He shook his head and flew away.

Dijo el Cuervo, al tiempo que movía la cabeza y se alejaba volando: -Espérame en los escalones.

It was getting towards evening when the Raven returned. "Caw, caw!" he said. "She sends you greetings, and here is a roll for you. She took it from the kitchen, where there's plenty of bread. You are bound to be hungry. You can't go into the palace, because you're barefoot. The guards in their silver uniforms, and the servants in gold, wouldn't let you pass. However, don't cry, you will get in. My lover knows a little back stairway that goes up to the bedroom, and she knows where she can get the key to it."

Ya comenzaba a obscurecer cuando regresó el Cuervo gazneando, y dijo:
-Mi novia te manda saludar y aquí tienes un pan para ti, lo tomó de la cocina donde hay mucho pan, probablemente tendrás hambre. No puedes ir al palacio porque estás descalza. Los guardias en uniforme plateado y los sirvientes de dorado no te dejarán pasar, pero no llores, entrarás porque mi amor domesticado sabe de unas pequeñas escaleras en la parte de atrás que conducen a la recámara y sabe dónde conseguir la llave.

So they went into the garden in the large avenue, where all the leaves were falling; when the lights in the palace had all gradually gone out, the Raven took little Gerda around to the back door, which was half open.

Así que fueron al jardín de la avenida grande, donde todas las hojas estaban cayendo y las luces del paacio ya se habían apagando, el Cuervo llevó a la pequeña Gerda alrededor hacia la puerta trasera, la cual estaba medio abierta.

Oh, how Gerda's little heart beat with worry and desire! She felt like she would if she was about to do something wrong, but all she wanted to know was whether little Kay was there. Yes, it must be him. She remembered his intelligent eyes, and his long hair, so clearly, she could picture him the way he used to laugh when they were sitting under the roses at home. "I'm sure he'll be glad to see you, to hear how far you have come on his behalf, and to know how unhappy everyone at home was when he did not come back."

¡Oh, cómo latía con preocupación y deseo el pequeño corazoncito de Gerda! Se sentía como si fuera a hacer algo muy malo, pero lo único que quería era saber si el pequeño Kay estaba ahí. Sí, tenía qué ser él; recordaba claramente su mirada inteligente y su pelo largo, tan claramente, que lo podía ver de la misma manera que lo hacía anteriormente, cuando se reía sentado dejabo de las rosas en casa. El Cuervo le dijo:
-Estoy seguro que a Kay le dará mucho gusto verte al saber qué tan lejos has llegado por él y al saber qué tristes estaban todos cuando ya no regresó a casa.

Oh, how simultaneously frightening and wonderful it was!

Oh, ¡y qué aterrador y maravilloso era todo al mismo tiempo!

Now they were on the stairs. There was a single lamp burning, and the tame raven stood on the floor, turning her head from side to side and looking at Gerda, who bowed in the way her grandmother had taught her.

Ya habían llegado hasta las escaleras. Había una sola lámpara prendida y el amor domesticado del Cuervo estaba de pie frente a ella, moviendo la cabeza de lado a lado y mirando a Gerda, quien la saludó inclinándose, como la había enseñado su abuelita.

"My fiance has told me so much about you, my dear young lady," said the tame raven. "It is a very sweet story. If you would take the lamp, I will go on ahead. We will go straight on, and we won't meet anyone."

La Cuervo domesticada le dijo:

-Mi prometido me ha hablado tanto de ti, mi pequeña jovencita, es una historia muy dulce. Lleva la lámpara por favor, yo caminaré delante de ti y después, ya nunca nos veremos.

"I think there's somebody just behind us," said Gerda, and something rushed past them. It seemed like shadowy figures on the wall, horses with long manes and thin legs, huntsmen, ladies and gentlemen on horseback.

Gerda dijo:
-Creo que hay alguien aquí detrás de nosotros.
Al tiempo que lo dijo, algo pasó muy rápido detrás de ellos. Eran como figuras de sombras sobre la pared, caballos con melenas largas y patas delgadas, hombres cazadores, damas y caballeros cabalgando.

"They are just dreams," said the Raven. "They have come to occupy the thoughts of the great people with dreams of hunting; that's good, because now you can say for certain that they are all in bed. But when you are as exalted as them, let me see that you are grateful."

La novia del Cuervo dijo:
-Sólo son sueños, han venido a ocupar los pensamientos de personas grandiosas que sueñan con cazar, eso es bueno porque ahora puedes tener la certeza de que todos están en cama, pero cuando tú asciendas a la posición de ellos, me muestras tu agradecimiento.

"Tut! That's not even worth mentioning," said the Raven of the woods.

A lo que el Cuervo replicó:
¡Por favor! Ni siquiera vale la pena que menciones eso.

Now they went into the first room, which was covered with rose coloured satin, with artificial flowers on the wall. The dreams were rushing by, but they went so quickly that Gerda couldn't see the great people. Each hall was more magnificent than the last; it certainly could intimidate a person, and eventually they reached the bedroom. The ceiling looked like a large palm tree, with leaves made out of expensive glass, and in the middle, hanging from a thick golden stem, there were two beds, each one looking like a lily. One was white, and the Princess was lying in it; the other one was red, and that was where Gerda had to look for little Kay. She pulled back one of the red leaves, and saw a brown neck. Oh! It was Kay! She called him quite loudly by his name, shining the light on him–the dreams rushed away again –he woke up, turned his head, and–it wasn't little Kay!

Pues bien, entraron a la primera habitación, la cual estaba cubierta de satín color de rosa, con flores artificiales sobre la pared. Los sueños pasaban apresurados, tan apresurados que Gerda no podía ver a las personas grandiosas. Cada pared era más hermosa que la anterior, ciertamente eso podía intimidar a cualquier persona, hasta que finalmente llegaron a la recámara. El techo parecía una palma muy grande, con hojas hechas de vidrio muy costoso y en el centro, colgando de un tallo dorado muy ancho, habían dos camas, cada una parecía un lirio, una era blanca, en la cual la Princesa descansaba; la otra era roja, y era ahí donde Gerda tenía qué buscar al pequeño Kay. Jaló una de las hojas rojas y vió un cuello café. ¡Oh, era Kay! Le gritó llamándolo por su nombre y echándole la luz sobre la cara –en eso los sueños pasaron rápidamente nuevamente- Kay despertó, volteó su cabeza y ¡no era el pequeño Kay!

The Prince was only similar to him in the shape of his neck; but he was young and handsome. The Princess peeped out of the white lily leaves, asking what was wrong. Then little Gerda cried, and told her the whole story, and everything the ravens had done for her.

El Príncipe era muy parecido a Kay en la forma de su cuello, pero él era joven y guapo. La Princesa se asomó por entre las hojas del lirio blanco, preguntando qué es lo que estaba sucediendo. Entonces la pequeña Gerda lloró y les platicó toda la historia, y todo lo que los Cuervos habían hecho por ella.

"Poor little thing!" said the Prince and Princess. They gave the ravens great praise and said that they weren't angry with them in any way, although they shouldn't do that sort of thing again. However, they would be rewarded. "Do you want to be given the freedom to fly around here," the Princess asked, "or would you rather be given a job of being court ravens, eating all the leftovers from the kitchen?"

El Príncipe y la Princesa dijeron:
-¡Pobrecita! Halagaron mucho a los cuervos y dijeron que de ninguna manera estaban enojados con ellos, pero que no volvieran a hacerlo nuevamente y sin embargo, los iban a premiar. La Princesa preguntó:
-¿Quieren que se les de la libertad de volar aquí y todo alrededor? ¿O les gustaría mejor tener un trabajo siendo cuervos de la corte, comiendo todo lo que quede de la cocina?

Both the ravens nodded, and said they would like the job; they were thinking of their old age, and they said, "It's a good thing to be secure when you get old."

Los dos cuervos asintieron, y dijeron que les gustaría el empleo, pensaban en el tiempo cuando fueran ancianos y dijeron:
-Es importante tener seguridad material cuando estás envejeciendo.

The Prince got up and let Gerda sleep in his bed, which was a very generous thing. She folded her little hands, thinking, "How kind men and animals are!" and then she fell asleep and slept very deeply. The dreams all flew back in, and now they looked like angels, pulling a little sledge, with little Kay sitting in it and nodding his head; but it was only a dream, and it all disappeared as soon as she woke.

El Príncipe se levantó y le permitió a Gerda que durmiera en su cama, lo cual era un gesto muy generoso. Ella cruzó sus bracitos pensando:

-*¡Qué generosos son las personas y los animales!*
Entonces se quedó dormida y tuvo un sueño muy profundo. Los
sueños regresaron volando y ahora parecían ángeles que jalaban un
pequeño trineo sobre el cual iba Kay asintiendo con su cabeza, pero
era solo un sueño y todo desapareció tan pronto que ella despertó.

The next day she was dressed from head to foot in silk and velvet.
They said that she could stay at the palace, and have a happy life, but
she begged them to let her have a little carriage pulled by a horse,
and a small pair of shoes, and once she had them, she said, she
would go back out into the wide world to look for Kay.

Al día siguiente estaba vestida con seda y terciopelo de pies a
cabeza. Se dice que se hubiera podido quedar en el palacio y tener
una vida feliz, pero que les suplicó que le permitieran tener una
pequeña carroza jalada por un caballo y un par de zapatitos y que
tan pronto como los tuvo, dijo que se regresaría al mundo para ver a
Kay.

They gave her shoes and a muff and other fine clothes. When she
was about to set off, a new carriage came to the door. It was made of
pure gold, and the coat of arms of the Prince and Princess shone like
a star on the door. There was a coachman, footmen and outriders, all
wearing golden crowns. The Prince and Princess helped her into the
carriage themselves, and wished her the best of luck. The raven of
the woods, who was now married, went with her for the first few
miles. He sat next to Gerda, because he hated riding backwards; his
wife stood in the doorway and slapped her wings. She couldn't go
with them, because since she had been given her job she had eaten so
much that she had given herself a headache. The carriage was lined
with sugarplums inside, and the seats were made out of fruit and
gingerbread.

*Le dieron los zapatos y más ropa fina, y un manguito para proteger
sus manos. Cuando estaba lista para partir, una carroza nueva se
acercó a la puerta, estaba hecho de oro puro y el escudo familiar del
Príncipe y la Princesa brillaba como una estrella sobre la puerta.
Había un chofer adentro, lacayos y escoltas, todos tenían puestas
coronas de oro. El Príncipe y la Princesa la ayudaron
personalmente a entrar a la carroza, deseándole buena suerte. El
cuervo de los bosques, que para entonces ya se había casado, la
acompañó los primeros kilómetros, se sentó junto a Gerda pues le
molestaba ir sentado de espaldas al camino cuando viajaba, su
esposa estaba parada en la puerta y abrió sus alas. Ella no podía ir
con ellos pues desde que tenía un empleo comía tanto que se había
provocado un dolor de cabeza. La carroza estaba forrada por
dentro con confites y los asientos estaban hechos de fruta y pan de
gengibre.*

"Farewell! Farewell!" The Prince and Princess cried; and Gerda
wept, and the Raven wept. So they went on a few miles, and then the
Raven said goodbye, and that was the most painful parting of all of
them. He flew up into a tree, and waved his black wings for as long
as he could see the carriage, shining like a sunbeam from far off.

*El Príncipe y la Princesa gritaban:
-¡Adiós! ¡Adiós!
Gerda lloraba, al igual que el el Cuervo. Así, manejaron unos
kilómetros y el Cuervo se despidió y esa era la despedida más
dolorosa para todos, el Cuervo voló y se paró en lo alto de un árbol
y dijo adiós con sus alas negras hasta que perdió de vista la
carroza, brillando como un rayito de sol a lo lejos.*

FIFTH STORY: The Little Robber Maiden (QUINTO CUENTO: La Ladroncit)

Fifth Story: The little robber girl.

Quinto Cuento: La Ladroncita

They drove through the dark woods, but the carriage shone like a torch, dazzling the eyes of the robber there, so that they couldn't look straight at it.

La carroza fue conducida entre los bosques obscuros, pero brillaba como una antorcha, deslumbrando los ojos de los ladrones, de tal manera que no podían verla directamente.

"It's gold! It's gold!" they cried; and they dashed forward, grabbed the horses, knocked down the little assistant, the coachman and the other servants, and dragged little Gerda out of the carriage.

Los ladrones gritaron:
-¡Es oro! ¡Es oro!
Al hacerlo, se lanzaron hacia adelante, tomaron sus caballos tirando al suelo al pequeño asistente, al cochero y los otros sirvientes y sacaron a Gerda de la carroza arrastrándola.

"How plump and beautiful she is! She must've been fed on nuts," said the old female robber, who had a long rough beard, and bushy eyebrows hanging down over her eyes. "She is as good as a fattened lamb! She will be splendid!" Then she took out a knife, with a blade which gleamed in a horrible way.

La ladrona mayor dijo:
-¡Qué hermosa y rechonchita está! Debieron haberla alimentado con nueces.
Ya estaba entrada en años y tenía una barba rasposa y larga, sus cejas eran tupidas y colgaban sobre sus ojos y mientras tomaba una navaja con un filo que brillba de una manera horrible, gritó:

-¡Están tan buena como un borreguito engordado! ¡Estará deliciosa!

"Oh!" The woman cried out at the same moment. Her own little daughter, who was hanging on her back, had bitten her in the ear. She was so wild and crazy that it was quite funny to watch. "You naughty child!" said the mother, and now she didn't have time to kill Gerda.

La mujer traía colgada sobre su espalda a su hijita, quien le mordió la oreja, era tan loca y salvaje que hasta era chistozo mirarla, la madre gritó:
-¡Ay, chiquilla traviesa!
Pero porque eso sucedió, ya no tuvo tiempo de matar a Gerda.

"She will be my playmate," said the little robberchild. "She will give me her muff and her pretty dress, and she will sleep in my bed!" Then she bit her mother again, so that she jumped, and ran round in circles in pain, and the other robbers laughed, saying, "Look how she dances with her baby!"

Dijo la ladroncita:
-¡Ella será mi compañera de juego, me dará su manguito y su vestido bonito y va a dormir en mi cama!
Para esto, mordió a su madre nuevamente, quien brincó esta vez y llena de pánico comenzó a correr en círculos, los otros ladrones se reían mientras decían:
-¡Mira cómo baila con su bebé!

"I will ride in the carriage," said the little robber girl, as she had to have her way, because she was very spoiled and very determined. She and Gerda got inside, and then they drove off over the tree stumps, deeper and deeper into the woods. Little robber girl was as tall as Gerda, but she was stronger with wider shoulders and darker; her eyes were completely black, they looked as if she were sad. She hugged her little Gerda and said, "As long as I'm pleased with you they won't kill you. I suppose you are a princess?"

Como la ladroncita estaba tan mimada y era tan determinada, dijo en un tono como que se saldría con la suya:

-Me pasearé en la carroza.
Gerda y ella entraron a la carroza y fueron pasando sobre troncos de árboles, hasta llegar a lo más profundo del bosque. La ladroncita era de la misma estatura que Gerda pero más fuerte, de hombros anchos y piel obscura, sus ojos eran completamente negros y daba la impresión de ser una niña triste. Abrazó a su pequeña Gerda y le dijo:
-Tanto como yo esté contenta contigo ellos no te matarán, me supongo que eres una princesa. ¿Lo eres?

"No," said little Gerda, telling her everything that happened and how much he cared about little Kay.

A lo que Gerda le contestó que no y le contó todo lo que había pasado y cuánto quería al pequeño Kay.

The little robber girl looked at her seriously, nodding her head slightly, saying, "They won't kill you, even if I get angry with you: if I do, I will kill you myself." She dried Gerda's eyes, and put both her hands into that fine muff, which was soft and warm.

La ladroncita miró a Gerda con mucha seriedad, asintiendo ligeramente con la cabeza y diciendo:
-No te matarán, aún si me enojo contigo y si me enojo, te mataré yo misma.
Secó las lágrimas de Gerda y puso sus dos manos en el elegante manguito suave y tibio.

Finally the carriage came to a stop. They were in the middle of the courtyard in the robber's castle. There were cracks everywhere, and magpies and rooks were flying out of the openings. There were also enormous bulldogs, each one looking as if he were big enough to swallow a man, and they jumped up, but they didn't bark, because they were not allowed.

Finalmente la carroza se detuvo. Estaban en medio del patio en el castillo de la ladroncita. Había rajaduras por todos lados y urracas y grajos salían por las aberturas. También había enormes perros buldogs, cada uno parecía ser lo suficientemente grande como para tragarse a un hombre y brincaban pero no se les permitía ladrar.

In the middle of the large old smoking hall there was a great fire burning on the stone floor. The smoke went down under the stones, and had to find its own way out. Soup was boiling in a great pot, and there were rabbits and hares being roasted on a spit.

En el centro del gran salón para fumar había una fogata grande ardiendo sobre el piso de piedra, el humo se iba hacia abajo de las piedras y luego tenía que encontrar su propia salida. Había sopa hirviendo en una cazuela muy grande y conejos y liebres rostizándose en un asador.

"You shall sleep with me tonight, with all my animals," the little robber girl said. They had something to eat and drink, and then they went into a corner where there was straw and carpets. On sticks and perches, there were nearly a hundred pigeons, which seemed to be all asleep, although they moved a little bit when the robber girl came. "They all belong to me," she said, at the same time grabbing the nearest one by its legs and shaking it so that it fluttered its wings. "Kiss it," the little girl cried, and threw the pigeon into Gerda's face. "Up there is all the rabble of the woods," she carried on, pointing to several bits of wood fixed in front of a hole high up in the wall; "that's the rabble, they would fly away at once, if I didn't have them well tied down. And here is my dear old Bac," and she took hold of the horns of a reindeer, which had a bright copper ring round its neck, which was tied up there. "We have to lock this chap up as well, otherwise he would escape. Every evening I tickle him on his neck with my sharp knife; it makes him so scared!" and she pulled out a long knife from a crack in the wall and stroked it over the reindeer's neck. The poor creature kicked out; the girl laughed, and dragged Gerda next to her in bed.

La ladroncita dijo:
-Esta noche dormirás conmigo, con todos mis animales.
Comieron y bebieron un poco y luego se dirigieron a una esquina donde había paja y alfombras. Había cerca de cien palomas sobre palos y perchas, las cuales parecían estar dormidas, aunque se hicieron a un ladito cuando llegó la ladroncita, quen dijo gritando, al momento que tomaba de las patitas a la más cercana y la sacudía para que aleteara:

140

-Todas son mías, ¡bésala!
En eso, le arrojó a Gerda la paloma en la cara. Continuó gritando:
-¡Allá arriba está toda la chusma de los bosques!
Mientras apuntaba hacia varias piezas de madera acomodadas
frente a un agujero que estaba en la parte de arriba de la pared,
continuó:
-Esa es es la chusma y si no las tuviera amarradas, volarían lejos al
instante y ahí está mi viejo Bac.
La ladroncita tomó un venado por los cuernos el cual tenía un anillo
de cobre alrededor de su cuello que era lo que lo ataba allá arriba
mientras decía:
-Tenemos que amarrar bien a este compadre porque si no, se
escaparía. Todas las noches le hago cosquillas en el cuello con mi
navaja, ¡se asusta tanto!
Al decir esto, sacó una navaja grande de una abertura que había en
la pared con la cual acarició el cuello del venado, la pobre criatura
pateaba, la niña soltó la carcajada y arrastró a Gerda a su cama
para que estuviera cerca de ella.

"Do you hold on to your knife while you are asleep?" Gerda asked,
looking at it, rather frightened.

Gerda, al tiempo que veía la navaja muy asustada, le preguntó:
-¿Te quedas abrazando tu navaja mientras duermes?

"I always sleep with my knife," the little robber girl said; "There's no
way of telling what might happen. But now, tell me once again about
little Kay, and why you set out all alone into the wide world." Gerda
told her everything again from the start, with the wood pigeons
cooing in their cage above, and the others sleeping. The little robber
girl put her arm around Gerda's neck, holding the knife in her other
hand, snoring so loud that everyone could hear her. Gerda could not
sleep, because she didn't know if she was going to live or die. The
robbers all sat round the fire, singing in drinking, and the old female
robber danced around in a way which was quite terrible to see.

La ladroncita contestó:
-Siempre duermo con mi navaja, nunca sabes lo que va a pasar.
Pero ahora cuéntame otra vez acerca del pequeño Kay y por qué te
aventuraste al mundo tan solita.

Nuevamente, Gerda le dijo todo desde el principio, mientras las palomitas del bosque arrullaban desde su jaula allá arriba, y las otras dormían. La ladoncita tomó a Gerda por el cuello mientras tenía la navaja en su otra mano, roncando tan fuerte que todos la podían escuchar, Gerda no pudo dormir pues no sabía si iba a vivir o a morir. Todos los ladrones se sentaron alrededor de la fogata, cantando y bebiendo y la madre de la ladroncita bailaba en círculos de una manera horrible.

Then the wood pigeons said, "Coo! Coo!" We've seen little Kay! His sledge is carried by white hen; he himself was sitting in the carriage of the Snow Queen, who went past here, just down there in the wood, as we were lying in our nests. She blew on we young ones, and everyone except the pair of us died. Coo! Coo!"

Entonces las palomas del bosque dijeron:
-¡Cú Cú, hemos visto al pequeño Kay! Una gallina blanca arrastra su trineo, él mismo iba sentado en la carroza de la Reina de las Nieves cuando pasó por ahí en el bosque, mientras nosotras descansábamos en nuestros nidos. Al pasar, la Reina sopló sobre nosotras, y todas murieron con excepción de nosotras dos. ¡Cú Cú!

"What are you saying up there?" little Gerda called out. "Where did this Snow Queen go to? Do you know anything about it?"

Gerda gritó:
-¿Qué dicen ustedes allá arriba? ¿A dónde fue esta Reina de las Nieves? ¿Saben ustedes algo al respecto?

"Doubtless she has gone to Lapland, because it is always snow and ice there. Just ask that reindeer, tied up there."

-Sin duda, ha ido a Laponia pues ahí siempre hay hielo y nieve. Pregúntale al venado que está amarrado ahí arriba.

"Ice and snow! There always is, it's wonderful!" said the reindeer. "You can dance around the large glittering valleys! The Snow Queen stays there in the summer, but her main home is high up near the North Pole, on the island called Spitsbergen."

El venado dijo:
-¡Hielo y nieve¡ ¡Siempre! ¡Es maravilloso! ¡Puedes bailar alrededor de los grandes valles brillantes! La Reina de las Nieves pasa ahí los veranos, pero su casa principal está arriba en el Polo Norte, en la isla llamada Spitsbergen.

"Oh, Kay! Poor little Kay!" Gerda sighed.

Gerda suspiró diciendo:
-¡Oh Kay! ¡Pobre Kay!

"Will you be quiet?" said the robber girl. "If you won't be, I will make you."

La ladroncita le dijo:
-¿Te callas? Porque si no, yo te haré que te calles.

In the morning Gerda told her everything the wood pigeons had said. The little girl looked very serious, but she nodded her head, saying, "That's not important at all. Do you know where Lapland is?" she asked the reindeer.

Por la mañana Gerda le dijo a la ladroncita todo lo que le habían dicho las palomas del bosque. La niña la observaba con seriedad pero moviendo la cabeza con desapruebo, dijo:
-Eso no es importante en lo absoluto.
Y mirando al venado le preguntó:
¿Sabes dónde está Laponia?

"Who would know better than me?" the animal said, rolling his eyes. "I was born and brought up there–I jumped around its snowfields."

El animal contestó con impaciencia:
-¿Quién podría saber mejor que yo? Nací y fui criado ahí, brinqué alrededor de todos los campos de nieve.

"Listen," the robber girl said to Gerda. "You can see that the men have gone, but my mother is still here, and she will be staying. However, when she wakes up in the morning she has a drink from the large flask, and then she will sleep for a while, and then I will help you." Then she jumped out of bed and ran over to her mother; putting her arms round her neck, and pulling her beard, she said, "Good day to you, my sweet nanny goat of a mother." Her mother grabbed her nose, and pinched it until it was all red and blue; but this was their way of showing affection.

Le dijo la ladroncita a Gerda:
-Escucha, puedes ver que los hombres ya se han ido, pero mi madre aún está aquí y se va a quedar. Sin embargo cuando despierta en la mañana ella toma un trago del frasco grande y después dormirá un rato, entonces, te ayudaré.
Al decir esto, la ladroncita brincó de su cama y corrió a donde estaba su madre, abrazándola del cuello y jalándole la barba y le dijo:
-Buenos días tengas tú, mi dulce nana, madre chiva.
Su mamá la tomó por la nariz y se la pellizcó hasta que la tenía roja y morada, pero esta era la manera que se mostraban cariño.

When the mother had had a drink from her flask, and was having a nap, the little robber girl went to the reindeer, saying, "I would really like to keep you and tickle you with a sharp knife, because it's so funny when I do; however, I will untie you, and lead you out, so that you can go back to Lapland. But there's a job I need you to do; you must take this little girl to the palace of the Snow Queen for me, to find her playmate. I suppose you heard everything she said, because she was talking loud enough, and you were listening."

Cuando la mamá bebió del frasco y estaba tomando una siesta, la ladoncita se dirigió al venado diciéndole:
-Me encantaría conservarte y seguir haciéndote cosquillas con una navaja filosa porque es muy chistoso cuando lo hago, sin embargo, te voy a soltar y te llevaré afuera para que te regreses a Laponia. Pero hay algo que debes hacer, necesito que lleves a esta niñita al palacio de la Reina de las Nieves, hazlo por mi, para que encuentre a su compañero de juegos. Supongo que escuchaste todo lo que dijo porque hablaba lo suficientemente alto y tú estabas oyendo.

The reindeer gave a little skip with joy. The robber girl picked up little Gerda and carefully tied her to the reindeer's back; she even gave her a small cushion to sit on. "Here, you can have your thick leggings, because it will be cold, though I'm going to keep the muff for myself, because it is so lovely. But I don't want you to be cold. Here, take this pair of warm gloves of my mother's; they will reach up to your elbows. Put them on! Now your hands look just like those of my ugly old mother!"

El venado dió un brinquito de alegría. La ladroncita levantó a la pequeña Gerda y la ató cuidadosamente a la espalda del venado y aún le dió un cojincito para que se sentara, mientras decía:
-Toma, aquí están tus mallas gruesas pues estará muy frío, pero voy a dejar para mí el manguito pues es adorable. Pero como no quiero que tengas frío, aquí tienes, toma este par de guantes blancos de mi madre, te van a cubrir hasta los codos. ¡Póntelos! ¡Ahora tus manos se ven exactamente como las de mi madre fea y vieja¡

And Gerda wept with happiness.

Gerda lloraba de felicidad.

"I can't stand seeing you worrying," the little robber girl said. "This is the exact time you should be looking happy. Here, take these loaves and some ham, so you won't starve." She tied the bread and meat to the reindeer's back, and then she opened the door, calling in all the dogs, and then with her knife she cut the rope which was tying the animal up, and said to him, "Now, off you go, and you look after that little girl!"

La ladroncita dijo:
-No puedo soportar verte preocupada. Este es el momento preciso en que deberías verte feliz. Mira, aquí tienes estas rebanadas de pan y un poco de jamón para que no te mueras de hambre en el camino.
Ató el pan y la carne a la espalda del venado y después abrió la puerta, llamando a todos los perros y con la navaja cortó la cuerda que estaba atando al animal a la parte de arriba y le dijo:
-¡Ahora vete y cuida esa niñita!

Gerda stretched her hands with the large padded gloves on towards the robber girl, and said, "Farewell!" and the reindeer flew on over the bushes and brambles, through the great woods, over the moors and heaths, as fast as he could go.

Gerda alzó sus manos con los guantes largos y acojinados hacia la ladroncita y dijo:
-¡Adiós!
El venado voló tan fuerte como pudo hacia los grandes bosques, sobre los arbustos y ramajales, sobre los moros y brezales.

"Ddsa! Ddsa!" was heard in the sky. It was just as though somebody was sneezing.

De pronto, se escuchó en el cielo como si alguien estuviera estornudando:
-¡Achú! ¡Achú!

"Those are my old Northern lights," the reindeer said, "look how they gleam!" And he rushed on even faster, all through the day and the night; the loaves were eaten up, and the ham as well, and then they reached Lapland.

El venado dijo:
-¡Esas son mis luces del Norte, mira cómo brillan!
Esto hizo que fuera aún más rápido, todo el día y toda la noche; los panes se acabaron, al igual que la carne, entonces, llegaron a Laponia.

SIXTH STORY: The Lapland Woman and the Finland Woman (SEXTO CUENTO: La Mujer de Laponia y la Mujer de Finlandia)

Sixth Story: The Lapland woman and the Finnish woman
Sexto Cuento: La mujer de Laponia y la mujer de Finlandia

Suddenly they stopped in front of a little house, which looked a very low down sort of place. The roof came down to the ground, and the doorway was so low that the family had to crawl in and out on their stomachs. There was nobody at home except for an old Lapland woman, who was gutting fish in the light of an oil lamp. The reindeer told her the whole of Gerda's story, but first he told her all of his own story, because he thought that was much more important. Gerda was so freezing that she couldn't talk.

De pronto se pararon frente a una casita que tenía apriencia muy baja, el techo bajaba hasta el suelo y la puerta principal era tan baja que la familia tenía que entrar y salir arrastrándose sobre sus estómagos. No había nadie ahí, excepto una mujer de Laponia que le sacaba las vísceras a un pescado a la luz de una lámpara de aceite. El venado le contó toda la historia de Gerda, pero antes de eso le contó toda su historia, pues pensaba que era mucho más importante que la de Gerda. Gerda se estaba congelando tanto que ya no podía ni hablar.

"Poor thing," the Lapland woman said, "you've still got so far to go. There's more than a hundred miles until you get to Finland, which is where the Snow Queen keeps her country house, which is lit up with blue flames every evening. I'll write you a note, written on a dried fish, because I don't have any paper; you can take it to the Finnish woman, and she will be able to tell you more."

Dijo la mujer de Laponia:

-Pobrecita, todavía tienes un camino largo qué recorrer. Hay más de ciento cincuenta kilómetros para llegar a Finlandia, que es donde la Reina de las Nieves tiene su casa campirana, la cual está alumbrada con llamas azules todas las noches. Te voya a escribir una nota en un pescado seco porque no tengo nada de papel, se lo llevas a la mujer de Finlandia y ella podrá decirte más al respecto.

When Gerda had got warm and had some food and drink, the Lapland woman wrote down a few words on a dried cod, told Gerda that she must take good care of them and then she helped her back onto the reindeer, tied her on tight, and the animal shot off again. The same noise was heard in the air, and delightful blue lights burned in the sky the whole night long; eventually they reached Finland. They knocked on the chimney of the Finnish woman, because she didn't have a door.

Ya cuando Gerda había adquirido un poquito de calor y había comido y bebido algo, la mujer de Laponia le escribió unas palabras sobre un pescado de bacalao seco y le dijo a Gerda que lo debía cuidar muy bien y después la ayudó a subirse nuevamente sobre el venado, la ató muy bien y el animal arrancó de nuevo. Otra vez, se escuchó el mismo ruido en el aire mientras luces azules parpadeaban maravillosamente en el cielo toda la noche, hasta que finalmente llegaron a Finlandia. Tocaron en la chimenea de la mujer de Finlandia, pues ella no tenía puerta.

It was so hot inside that the woman wore virtually no clothes. She was very small and dirty. She immediately loosened Gerda's clothes, pulling off her thick gloves and boots, because otherwise she would have been much too hot. After she had put a piece of ice on the head of the reindeer, she read what had been written on the fish. She read it over three times, so that she had the whole thing by heart, and then she put the piece of fish skin in the cupboard; she was probably going to eat it, because she never threw anything away.

Estaba tan caluroso ahí adentro que la mujer casi no traía ropa. Estaba muy pequeñita y muy sucia, e inmediatamente comenzó a desabrochar la ropa de Gerda, haciendo que se quitara sus guantes gruesos y sus botas, porque de otra manera se acaloraría demasiado. Después de haber puesto una pieza de hielo sobre la cabeza del venado, leyó lo que estaba escrito sobre el pescado. Lo leyó tres veces, así que una vez que se sabía de memoria lo que decía, puso la pieza de pescado en la alacena, probablemente se lo iba a comer porque nunca desperdiciaba nada.

Then the reindeer told her his own story, and then Gerda's. The Finnish woman blinked, but she said nothing.

Entonces el venado le contó su historia y luego la de Gerda. La mujer de Finlandia parpadeaba, pero no decía nada.

"I know you're so clever," the reindeer said, "I know that if you want to you can tie all the winds of the world together in a knot. If a sailor undoes one knot he gets a good breeze, if he undoes another one then it blows pretty hard, and if he undoes another couple then it blows so hard that forests are blown down. Can you give this little girl a potion which will give her the strength of a dozen men, so that she can defeat the Snow Queen?"

El venado dijo:
-Sé que eres muy inteligente, sé que si lo deseas, puedes atar juntos todos los vientos del mundo en un nudo. Si un marinero desata un nudo tiene un viento suave, si deshace otro entonces le llega un aire fuerte y si deshace otros dos entonces sopla el viento tan fuerte que tumba los bosques. ¿Le podrías dar a esta niñita una poción que le dará la fuerza de una docena de hombres, para que pueda vencer a la Reina de los Cielos?

"The strength of a dozen men!" said the woman. "A lot of good that would do her!" Then she went over to a cupboard, and pulled out a large animal skin, in a scroll. When she unrolled it, there were strange letters written on it, and she started reading so fast that the sweat ran down her forehead.

Dijo la mujer:

-¡La fuerza de una docena de hombres! ¿Y qué bien le haría eso? Entonces se dirigió a la alacena y sacó una piel de animal muy grande, envuelta como un rollo, cuando la desenrolló, tenía letras raras escritas, y comenzó a leer tan rápido que el sudor corría por su frente.

The reindeer begged so hard for Gerda, and she herself gave the woman such tearful pleading looks that she blinked and took the reindeer over to a corner, where they whispered to each other whilst the animal had some more ice put on his head.

El venado le suplicó que lo hiciera por Gerda y aún ella misma le suplicó con lágrimas en los ojos de tal manera que ella parpadeó y se llevó al venado a una esquina, donde se dijeron algunas cosas en secreto mientras la mujer le ponía más hielo al animal sobre la cabeza.

"It's true that little Kay is at the Snow Queen's palace, and enjoying everything there; he thinks it's the most splendid place in the world, but that's because he has a piece of glass in his eye, and in his heart. You must get these out first, otherwise he will never return to humanity, and the Snow Queen will always have power over him."

Dijo la mujer:
-Es cierto que el pequeño Kay está en el palacio de la Reina de las Nieves y disfrutando todo lo que hay ahí, él piensa que es el lugar más espléndido en el mundo, pero eso es sólo porque tiene una pieza de vidrio en su ojo y otra en su corazón. Primero, se los tienes qué sacar, de otra forma, nunca regresará a la humanidad y la Reina de las Nieves siempre tendrá poder sobre él.

"But can't you give her anything to take with her which will give her power over the Queen?"

El venado preguntó:
-¿Pero qué no le puedes dar algo que pueda llevar que le dé poder sobre la Reina?

"I can't give her any more power than the power she already has. Don't you see what great power she has? Can't you see how men and animals all have to serve her, and how well she goes along through the world, barefooted? We mustn't tell her about her power, it is the power that is in her heart, because she is a sweet and innocent child! If she can't reach the Snow Queen herself, and take the glass away from little Kay, we can't help her. The garden of the Snow Queen begins two miles from here; you can take her there. Put her down by the large bush which has red berries, standing there in the snow. Don't stand around talking, hurry back here as quickly as you can." Then the woman put little Gerda back on the reindeer's back, and he ran off as fast as possible.

A lo que la mujer contestó:
-Ya no le puedo dar más poder del que ya tiene. ¿Qué no puedes ver todo el poder que tiene? ¿Qué no ves cómo los hombres y animales tienen qué servirle y qué bien va por el mundo sin zapatos? ¡No le debemos decir nada acerca de su poder, es el poder que tiene en el corazón, porque es una niña dulce e inocente! Si no puede alcanzar a la Reina de las Nieves por sí misma y sacar los vidrios del pequeño Kay, nosotros no la podemos ayudar. El jardín de la Reina de las Nieves comienza a tres kilómetros de aquí, la puedes llevar hasta ahí, bájala junto al arbusto grande que está bajo la nieve y que tiene bayas rojas. No te entretengas platicando, regrésate aquí tan pronto como puedas.
Entonces la mujer sentó a la pequeña Gerda sobre la espalda del venado y este corrió tan rápido como le fue posible.

"Oh! I haven't got my boots! I haven't brought my gloves!" little Gerda cried out. She pointed out that she was having to face the terrible frost without them, but the reindeer didn't dare to stop. He ran onwards until he reached the large bush with the red berries, and there he put her down and kissed her on the mouth, while large bright tears ran from his eyes, and then he ran back where he had come from as quickly as possible. So poor Gerda was standing there now, without shoes or gloves, in the middle of that dreadful cold country of Finland.

Gerda gritó:
-¡Oh, no tengo mis botas! ¡No traje mis guantes!

152

Se refería al hecho de que tendría que enfrentar la helada terrible sin ellos, pero el venado no se atrevió a parar. Corría y corría hasta que llegó al arbusto grande con las bayas rojas. Ahí, la bajó y le dió un beso en la boca mientras lágrimas grandes y brillantes corrían de sus ojos y entonces corrió y se regresó por el mismo rumbo donde había venido, tan rápido como le fue posible. Así que la pobre de Gerda estaba ahí paradita sin zapatos ni guantes, en medio de ese país de Finlandia, frío y aterrorizador.

She kept on running, as fast as she could go. A great storm of snowflakes came, but they weren't falling from the sky, and they were bright and shining from the Northern lights. The flakes swept along the ground, and the closer they got the larger they became. Gerda remembered very well how big and strange snowflakes had seemed when she looked at them through a magnifying glass, but now they were large and quite astonishing, because they were all alive. They were the outlying guards of the Snow Queen. They had extraordinary shapes; some of them looked like big ugly porcupines, there were others which look like snakes tied together, with their heads sticking out; still more looked like small fat bears, with their hair standing on end: they were all astonishingly white–they were all living snowflakes.

Gerda continuaba corriendo, tan rápido como podía. Cayó una gran tormenta de copitos de nieve, pero no estaban cayendo del cielo, y eran brllantes y provenían de las luces del Norte. Los copitos de nieve se deslizaron hasta el suelo y mientras más se acercaban, más crecían; Gerda recordó con claridad qué tan grandes y extraños se veían los copos de nieve cuando los observó a través del lente de aumento, pero ahora eran grandes y muy asombrosos, porque estaban vivos: Eran los guardias de las afueras de la ciudad de la Reina de las Nieves. Tenían formas extraordinarias, algunos de ellos parecían horribles puercoespines, había otros que se veían como serpientes entrelazadas, con sus cabezas asomándose; algunos otros parecían ositos gordos, con su pelo parado en un lado, eran tan asombrosamente blancos, todos eran copos de nieve que tenían vida.

Little Gerda said the Lord's prayer. It was so cold that she could see her own breath, which was coming from her mouth like smoke. They got thicker and thicker, and took on the shape of little angels, that grew bigger and bigger as they touched the Earth. They all had helmets on their heads, and they carried spears and shields. More and more of them came, and when Gerda had finished the Lord's prayer, she was surrounded by a great army. They jabbed the horrid snowflakes with their spears, so that they broke into thousands of pieces, and little Gerda walked on, bravely and safely. The angels stroked her hands and feet, and she didn't feel so cold; she went on quickly towards the Snow Queen's palace.

La pequeña Gerda rezó el Padrenuestro. Estaba tan frío que podía ver su propio aliento que salía de su boca como si fuera humo. Las nubecitas de humo se multiplicaba y se hacían más y más gruesas y tomaron la figura de angelitos, que crecían y crecían a medida que tocaban la Tierra; en sus cabezas tenían puestos cascos y llevaban lanzas y escudos y cada vez venían más y más y cuando Gerda acabó de rezar el Padrenuestro, ya estaba rodeada de un ejército grandísimo. Con sus lanzas, picaron a los horribles copos de nieve y se quebraron en mil piezas y la pequeña Gerda continuó sin novedad y con valentía. Los ángeles cuidaron de sus manos y pies y ya no sintió tanto frío; se dirigió con rapidez al palacio de la Reina de las Nieves.

Now let's see how Kay was getting on. He never thought about Gerda, and he certainly would never have dreamt that she was standing outside the palace.

Ahora, veamos cómo le estaba yendo a Kay, quien nunca pensó en Gerda y con seguridad, jamás hubiera soñado que estuviera parada afuera del palacio.

SEVENTH STORY: What Took Place in the Palace of the Snow Queen, and what Happened Afterward. (SEPTIMO CUENTO: Lo que Sucedió en el Palacio de la Reina de las Nieves y lo que pasó después.)

Seventh Story. What happened in the palace of the Snow Queen, and what happened afterwards.

Séptimo Cuento. Lo que sucedió en el palacio de la Reina de las Nieves y lo que pasó después.

The walls of the palace were made of blizzards of snow, and the windows and doors were made with sharp winds. There were more than a hundred great rooms there, depending on how the snow had been driven by the winds. The largest of them was many miles wide, and they were all lit up by the bright Northern lights; they were all so large, so empty, so icy cold, and so wonderful! There was never any laughter there, not even a little dance, with the storm playing music, with the polar bears standing on their back legs showing off their steps. There was never any little tea party with the young white lady foxes; the palace of the Snow Queen was huge, cold and empty. The Northern lights shone so clearly that one could judge one's position by their strength. In the middle of that empty endless hall of snow there was a frozen lake; it had cracked into a thousand pieces, but every piece was so similar that it seemed like the work of a clever craftsman. The Snow Queen sat in the middle of this lake when she was at home, saying that she was sitting in the the Mirror of Understanding, and that it was unique, and the best thing in the world.

Las paredes del palacio estaban construídas de tormentas de nieve y las ventanas y puertas estaban hechas con vientos fuertísimos. Había más de cien habitaciones fabulosas, dependiendo de cómo la nieve había sido llevada por los vientos, la más grande era de muchos kilómetros de ancho y todas estaban iluminadas por las brillantes luces del Norte, todas estaban tan grandes, tan vacías, tan heladas, ¡y tan maravillosas! Nunca había habido una risa, ni siquiera un pequeño baile donde la tormenta tocara la música, ni con los osos polares de pie en sus patas traseras presumiendo nuevos pasos de baile; las jóvenes zorras blancas nunca habían tenido una fiestecita para servir té; el palacio de la Reina de las Nieves era inmenso, frío y vacío. Las luces del Norte brillaban tan claramtne que por su fuerza uno no podía juzgar su propia posición. En medio de ese pasillo de nieve sin fin había un lago congelado, se había quebrado en mil pedazos, pero las piezas eran tan similares la una a la otra que pareciese el trabajo de un artista ingenioso. La Reina de las Nieves se sentaba en medio de este lago cuando estaba en casa, diciendo que estaba sentada en el Espejo del Entendimiento y que era único y lo mejor que había en el mundo.

Little Kay was blue all over, almost black with cold; but he didn't notice it, because she had taken away the power to feel cold when she kissed him, and his heart was a lump of ice. He was dragging along some pointed flat pieces of ice, which he laid down in different ways, because he wanted to build something with them; just as we have little flat pieces of wood which we make patterns with, called Chinese Puzzles. Kay made all sorts of very intricate shapes, because it was an ice puzzle for understanding. The shapes seemed to him to be extraordinarily beautiful, and very significant; he felt like this because he still had the piece of glass in his eye. He made whole figures which represented the written word, but he could never quite show the word he wanted to; the word was "eternity" and the Snow Queen had told him that if he could find the shape which made that, he would be his own master, and she would give the whole world to him as well as a new pair of skates. But he could never discover it.

El pequeño Kay estaba completamente azul por el frío, casi negro, pero él no lo notaba porque la Reina de las Nieves, cuando lo besó, le quitó el poder de sentir frío y su corazón era una masa de hielo. Iba jalando unas piezas de hielo planas y puntiagudas, las cuales acomdaba de diferentes maneras pues quería construir algo con ellas, de la misma manera que nosotros tenemos pequeñas piezas de madera plana con los cuales construímos para formar un patrón, se les llama Rompecabezas Chinos. Kay hizo todo tipo de figuras intrínsicas con esas piezas de hielo, porque era una rompecabezas de hielo para el entendimiento; las figuras le parecían extraordinariamente hermosas y muy significativas, se sentía así pues todavía tenía en su ojo la pieza de vidrio. Hizo figuras completas, las cuales representaban una palabra escrita, pero nunca pudo en realidad formar la palabra que quería; la palabra era "eternidad" y la Reina de las Nieves le había dicho que si podía encontrar la figura que la hacía, él sería libre, y ella le daría todo el mundo y también un par de patines nuevos, pero nunca la podía descubrir.

"I'm going to go to the warm lands now," said the Snow Queen. "I must go and have a look down into the black cauldrons." She was referring to the volcanoes, Vesuvius and Etna. "I will just frost them with a little snow, because that's how they should be, and anyway it's good for the oranges and the grapes." Then she flew off, and Kay sat completely alone in the empty halls of ice that were many miles long, looking at the blocks of ice, and he fought so hard that his head almost exploded. He sat there frozen and still; you could have imagined that he was frozen to death.

Dijo la Reina de las Nieves:
-Voy a las tierras cálidas, debo ir a echar un vistazo al fondo de los calderos negros.
La Reina se refería a los volcanes Vesuvius y Etna. También dijo:
Los voy a escarchar con un poco de nieve porque así es como debe de ser y de todas maneras, es bueno para las naranjas y las uvas.
Así, se fue a lo lejos volando y Kay se sentó completamente solo en los pasillos de hielo vacíos que medían kilómetros de largo, mirando a los bloques de hielo y pensó tanto que su cabeza casi explotaba, se sentó ahí congelado y quieto; podías haberte imaginado que se había congelado a muerte.

Suddenly little Gerda went through the great door into the palace. The gate was made of biting winds, but Gerda kept on repeating her evening prayer, and the winds died down. The little girl went into the huge empty cold rooms. She saw Kay there: she recognised him, and ran to hug him, crying out, holding him tight the whole time, " Kay, sweet little Kay! So I found you at last?"

De pronto, la pequeña Gerda pasó a través de la inmensa puerta y entró al palacio, el cancel estaba hecho de vientos mordaces, pero Gerda continuaba repitiendo su oración nocturna y los vientos se apagaron. La niñita entró en esas habitaciones inmensas, heladas y vacías. Vio a Kay ahí sentadito: lo reonoció y corrió a abrazarlo, apretándolo tan fuert todo el tiempo y gritando:
-¡Kay, dulce y pequeño Kay! ¿Te he encontrado al fin?

However, he sat quite still, cold and numb. Then little Gerda cried burning tears, and they fell on his chest, stabbed into his heart, thawed out the lumps of ice, and destroyed the splinters of mirror; he looked at her, and she sang a hymn:

Sin embargo, él se quedó sentado y quieto todavía, entumecido y helado, entonces la pequeña Gerda lloró con lágrimas ardientes que cayeron en el pecho de Kay, y apuñalándole el corazón, descongelaron las masas de hielo y destruyeron las astillas del espejo. Kay la miró y cantó un himno:

"The rose in the valley is blooming so sweetly, and the angels fly down to greet the children."

-"La rosa en el valle está floreando tan dulcemente y los ángeles vuelan hacia abajo a saludar a los niños."

This made Kay burst into tears; he wept so much that the glass fell out of his eye, and he recognised her, shouting, "Gerda, sweet little Gerda! Where have you been all this time? And where have I been?" He looked all around. "How cold it is here!" he said. "How empty and cold!"and he held on tight to Gerda, who laughed and wept with joy. It was such a beautiful sight, that even the blocks of ice danced around with happiness; and when they had tired out they lay down and they made exactly the letters which the Snow Queen had told him he must discover, so now he was his own master, and he could have the whole world and a new pair of skates as well.

Esto provocó que Kay explotara en llanto; lloró tanto que el vidrio se le salió de su ojo, y la reconoció, gritando:
-¡Gerda, dulce y pequeña Gerda! ¿Dónde has estado durante todo este tiempo?
Mirando a su alrededor dijo:
-¡Qué frío hace aquí! ¡Qué frío y vacío!
Y se apoyaba fuertemente de Gerda, quien reía y lloraba con gozo. Era una escena tan hermosa que hasta los bloques de hielo bailaban en círculos de tanta felicidad y cuando se cansaron se acostaron y formaron las letras exactas que la Reina de las Nieves le había dicho que debía descubrir, así que ahora él era libre y podía ser dueño de todo el mundo y podía adquirir um par de patines nuevos también.

Gerda kissed his cheeks, and they became quite pink; she kissed his eyes, and they started to sparkle like hers; she kissed his hands and feet, and they became perfectly well again and he was happy. The Snow Queen could come back as soon as she wanted; the word which would give him freedom was written there in wonderful blocks of ice.

Gerda le besó las mejillas y se le quedaron de color rosita, le besó los ojos y comenzaron a brillar como los de ella; le besó las manos y los pies y se pusieron perfectamente bien nuevamente y él estaba muy feliz. La Reina de las Nieves podía regresar tan rápido como ella quisiera; el mundo que le daría libertad a él estaba escrito en los maravillosos bloques de hielo.

They then took each other's hands and wandered out of the great hall; they talked about their old grandmother, and the roses on the roof; wherever they went, the winds calmed down and the sun came out. When they got to the bush with the red berries, they found the reindeer waiting for them. He had brought another young reindeer with him, who had an udder full of milk, and he gave milk to the young ones and kissed their lips. Then they took Kay and Gerda away, first to the Finnish woman, where they warmed themselves up in the warm room, and then on to the Lapland woman, who made them some new clothes and fixed their sledges.

Entonces se tomaron de las manos y se fueron por el inmenso pasillo; hablaron de su abuelita y de las rosas en el techo; a donde quiera que iban, los vientos se calmaban y el sol salía. Cuando llegaron al arbusto con las bayas rojas encontraron al venado esperándolos, había traído con él a otro reno más joven, quien tenía un ubre lleno de leche, así que les dió lecho a los jóvenes y les besó en los labios. Entonces se llevaron a Kay y Gerda, primero los llevaron con la mujer de Finlandia, donde se refugiaron del frío en una habitación calientita; después con la mujer de Laponia, quien les hizo ropa nueva y les arregló los trineos.

The reindeer and his young friend galloped along beside them, and took them to the frontier of the country. Here they could see the first greenery, and here they said goodbye to the Lapland woman. "Farewell! Farewell!" they all said. And the first green buds came out, and the first little birds began to sing, and from the woods there came a young girl with a bright red cap on her head, carrying pistols. She was riding a magnificent horse, which Gerda recognised, because it was one of the ones which had pulled the golden carriage. It was the little robber girl; she had got sick of being at home, and had decided to travel to the north, and if she didn't like it she was going to go off somewhere else. She recognised Gerda at once, and Gerda recognised her. They were very happy to see each other.

El venado y su joven amigo galopaban al lado de ellos y los llevaron a la frontera del país, desde aquí podían alcanzar a ver el primer verdor y aquí se despidieron de la mujer de Laponia, todos decían:
-¡Adiós! ¡Adiós!

Para esto, nacieron los primeros retoños, y los primeros pajaritos comenzaron a cantar y desde los bosques venía una niñita con una capita en su cabeza de color rojo intenso, cargando pistolas; iba cabalgando un caballo magnífico, el cual Gerda reconoció, porque era uno de los que tiraban de la carroza dorada. Era la ladroncita, se había cansado de estar en casa y había decidido viajar al norte y si no le gustaba se iría a algún otro lado; reconoció a Gerda de inmediato, quien igualmente la reconoció a ella; estaban muy felices de verse nuevamente.

"Well you certainly are one for travelling about," she said to little Kay; "good heavens, I'd like to know if you deserve having people running from one end of the world to the other on your behalf?"

La ladroncita le dijo a Kay:
-Sin duda eres todo un viajero, santo cielo, me gustaría saber si mereces que la gente ande recorriendo el mundo de un lado al otro en tu busca.

But Gerda patted her cheeks, and asked after the Prince and Princess.

Pero Gerda la dió una palmadita en las mejillas y le preguntó por el Príncipe y la Princesa.

"They have gone abroad," her friend said.

Su amiga le contestó:
-Andan en el extranjero.

"What about the Raven?" little Gerda asked.

Le pequeña Gerda la preguntó:
-¿Qué nuevas me tienes del Cuervo?

"Oh! He is dead," she answered. "His tame sweetheart is a widow, and she wears a piece of black material round her leg; she moans an awful lot, but it's all just talk! Now tell me what you've been up to and how you managed to get him back."

Ella contestó:

-Oh, está muerto. Su adorada Cuervo domesticado es una viuda ahora y siempre trae puesta una pieza de material negro alrededor de su pierna, gime mucho, pero es es lo que se dice. Ahora, dime qué has hecho y cómo hiciste para recuperarlo.

So the children both told her their story.

Así que los dos niños le contaron la historia.

The robber girl said some strange words, and then she held each of their hands, promising that if she happened to pass through their hometown some day she would come and visit them, and with that she rode off. Kay and Gerda took each other's hands: it was lovely spring weather, with plenty of flowers and greenery. The church bells rang out, and the children recognise the high towers and the great town; it was their hometown. They went inside and hurried up to their grandmother's room, where everything was standing just as it had before. The clock went tick-tock, and its hands moved round, but as they went in, they realised that they were now grown-up. The roses on the roof were blooming at the open window, and there were their little chairs; they sat down on them, holding hands. They had completely forgotten the cold empty magnificent palace of the Snow Queen, as if it had been a dream. The grandmother was sitting in the bright sunshine, reading aloud from the Bible, "Unless you become like little children, you will not get into heaven."

La ladroncita dijo una palabras extrañas y luego los tomó a los dos de las manos, prometiéndoles que si algún día llegaba a pasar por el pueblo donde ellos vivían, vendría a visitarlos y diciendo esto, se alejó cabalgando. Kay y Gerda se tomaron de las manos, era un día adorable de primavera lleno de flores y verdor, las campanas de la iglesia sonaron y los niños reconocieron las torres altas y el pueblo estupendo, era su pueblo natal. Llegaron y se dieron prisa para ir a la casa de su abuelita, donde todo estaba exactamente igual que antes. El reloj hizo "tic-tac" y las manillas se movían en círculos, pero a medida que iban entrando, se dieron cuenta que ahora ya habían crecido, las rosas del techo estaban floreando en la ventana abierta y ahí estaban sus sillitas, se sentaron sobre ellas y se tomaron de las manos. Se habían olvidado completamente del palacio fabuloso de la Reina de las Nieves, como si hubiera sido un sueño. La abuelita estaba sentada bajo el sol brillante mientras leía en la Biblia:
-"A menos que ustedes cambien y se vuelvan como niños, no entrarán en el reino de los cielos."

Kay and Gerda looked into each other's eyes, and suddenly they understood the old hymn:

Kay y Gerda se miraron a los ojos el uno al otro y de pronto entendieron el antiguo himno:

"The rose in the valley blooms so sweetly, and angels come down to greet the children."

-"La rosa en el vally está floreando tan dulcemente y los ángeles vuelan hacia abajo a saludar a los niños."

So there there were a pair of grown-ups; grown-up, but still children, at least in their hearts, and it was summertime, summer, wonderful summer!

Así que eran un par de adultos; adultos pero aún niños, al menos en sus corazones, y era verano, ¡verano, maravilloso verano!

THE UGLY DUCKLING (*EL PATITO FEO*)

It was lovely summer weather in the country, and the golden corn, the green oats, and the haystacks dotted around the meadows, looked wonderful. The stork was walking about on his long red legs chattering in Egyptian, which he had learned from his mother. The cornfields and the meadows had large forest all around them, with deep pools in the middle. It was lovely to walk around the country. In one sunny spot there was a nice old farmhouse close to a deep river, and running down from the house to the edge of the water there were enormous burdock leaves, so high that a little child could have stood upright underneath the tallest ones. It was a place which was as wild as the middle of a great wood. In this safe place there was a duck sitting on her nest, waiting for her children to hatch out. She was beginning to get tired of her job, because the little ones were taking a long time to arrive, and hardly anybody visited her. The other ducks preferred swimming around in the river rather than climbing up the slippery banks and sitting under the burdocks to have a chat with her. Finally a shell cracked, and then another one, and out of each egg came a living creature, lifting up its head, crying, "Peep peep." "Quack quack," said the mother, then they all quacked as well as they could, and looked at the green leaves all around them. Their mother let them look as much as they wanted to, because looking at green is good for the eyes. "How enormous the world is," these little ducklings said, seeing how much extra room was, compared to being inside their shells. "Do you think this is the whole world?" their mother asked them. "Wait until you see the garden; it stretches even further than this, right out to the parson's field, but I've never gone that far. Now, are you all here?" she said, getting up. "No, you're not, the largest egg is still there. I wonder how long this is going to go on, I'm fed up with it." She sat back on the nest.

Era un clima encantador de verano en el campo y el maíz dorado, el cultivo de avenas verdes y los pajares esparcidos alrededor de los prados, se veían maravillosos. El señor cigüeña caminaba por ahí con sus piernas largas y rojas y parloteaba en egipcio, el cual había aprendido de su mamá. Los campos de maís y los prados con albercas profundas en el centro estaban rodeados de grandes bosques. Era lindo caminar por el campo. En un lugar soleado había una antigua casa de campo muy bonita y estaba cercana a un río profundo y en el área que corría entre la casa a la orilla del río había hojas enormes de bardana, tan altas que un niño pequeño se hubiera podido parar debajo de las más altas. Era un lugar tan silvestre como el centro de un bosque grande. En este lugar seguro, había una pata sentada sobre su nido, esperando que sus niños salieran de sus cascarones, ya comenzaba a cansarse de su trabajo pues sus pequeños se estaban tardando mucho en salir y casi nadie venía a visitarla. Los otros patos preferían nadar en el río que subir las orillas resbalosas y sentarse debajo de las bardanas a platicar con ella. Finalmente, un cascarón se abrió y luego el otro, y de cada uno salió una criaturita viva, levantando su cabeza y gritando:
-Pío, pío.
La madre dijo:
-Cuac, cuac.
Entonces, todos comenzaron a decir "Cuac cuac" lo mejor que podían; miraban las hojas verdes a su alrededor; su mamá los dejó ver todo el tiempo que quisieran porque mirar el color verde es bueno para la vista. Los patitos dijeron:
-¡Qué enorme es el mundo!
Dijeron esto porque comparaban el espacio tan grande que veían con el que tenían en los cascarones. La madre les preguntó:
-¿Y creen ustedes que todo esto es el mundo? Sólo esperen a ver el jardín, está mucho más grande que esto, mucho más allá que el campo del párroco, pero yo no he ido tan lejos, y bien, ¿están ya todos ahí?
Preguntó esto último mientras se levantaba.
-No, todavía no, el huevo más grande todavía está ahí. Me pregunto por cuánto tiempo más va a continuar esto, estoy enfadada.
Regresó a sentarse sobre el nido.

"Well, how are things?" an old duck who came to visit her asked.

Una pata viejita vino a visitarla y le preguntó:
-¿Cómo van las cosas?

"There is one which hasn't hatched," said the duck, "it won't break. But just look at all the others, aren't they the sweetest little ducklings you ever saw? They look just like their father, who is very unkind, he never visits."

A lo que la pata contestó:
-Hay uno que todavía no ha quebrado el cascarón, simplemente no se quiebra, pero mira a todos los otros, ¿No son los patitos más dulces que jamás hayas visto? Son igualitos a su papá quien es un antipático, nunca viene de visita.

"Let me have a look at that egg which will not break," said the duck. "I'm certain that it is a turkey's egg. Once upon a time I was asked to hatch some, and after all the trouble I took with them, they were frightened of water. I quacked and I clucked, but it was useless. I couldn't get them to go in. Let me have a look. Yes, that is certainly a turkey's egg. If you take my advice, you should leave it where it is and go and teach the other children swimming."

La pata le dijo:
-Permíteme mirar ese huevo que no se quiere quebrar. Tengo la certeza de que es un huevo de pavo. Una vez se me pidió que incubara unos y después de todo lo que hice por ellos, le tenían miedo al agua. Yo les gritaba: "¡Cuak! ¡Cuak!" Pero era inútil, no los pude hacer que se metieran. Déjame ver. Sí, de verdad que es un huevo de pavo. Si te interesa mi consejo, deberías de dejarlo aquí donde está y vete a enseñar a los otros niños a nadar.

"I think I'll sit on it for a little while longer," the duck said, "I've been at it for so long now, a few extra days won't make any difference."

La pata contestó:
-Yo creo que me sentaré sobre él por un poquito más de tiempo, he estado por tan largo tiempo ya, que unos días más no harán ninguna diferencia.

"Please yourself," said the old duck, and off she went.
Dijo la pata viejita, retirándose:
-Haz lo que te plazca.

Finally the large egg broke, and a youngster came out, crying, "Peep, peep!" It was very large and very ugly. The duck stared at it and cried, "It is very big and completely different to the others. I wonder if it really is a turkey. We'll soon find out when we go to the water. It will have to learn to swim, if I have to push it in myself."

Finalmente el huevo grande se quebró, y un pequeñito salió gritando:
-¡Pío, pío!
Era muy grande y muy feo. La pata se le quedó mirando y gritó:
-Es muy grande y completamente diferente de los otros. Me pregunto si de verdad es un pavo, pronto nos vamos a dar cuenta, cuando vayamos al agua. Va a tener qué aprender a nadar, aún si lo tuviera qué empujar yo misma.

The next day the weather was lovely, and the sun shone down brightly on the green burdock leaves, so the mother duck took her children down to the water, and jumped in with a splash. "Quack quack," she cried, and the little ducklings jumped in one after the other. The water came over their heads, but they popped up again in a moment, and swam about very sweetly with their little legs paddling away underneath them very easily, and the ugly duckling was swimming there with them.

Al día siguiente el clima era muy agradable y el sol brillaba radiantemente sobre las hojas verdes de bardana, así que la mamá pata llevó a sus niños al agua y brincó adentro con un salpicón y gritaba:
-¡Cuac cuac! Y los patitos brincaron uno detrás del otro. El agua los cubrió hasta la cabeza, pero volvieron a salir en un momento y nadaron muy dulcemente con sus patitas chapoteando bajo ellos muy fácilmente, y el patito feo estaba nadando con ellos.

"Oh," his mother said, "that's not a turkey; look how well he is using his legs, and how straight up he is in the water! He is certainly my child, and he's not that ugly if you look at him carefully. Quack quack! Come with me now, I will take you into high society, and introduce you around the farmyard. However, you must keep near me or somebody might tread on you, and most of all, look out for the cat."

Su mamá dijo:
-¡Oh, eso no es un pavo, miren qué bien está usando sus piernas y qué derechito está en el agua! Con seguridad es mi hijo y si te fijas detenidamene no es feo. Cuac, cuac, ven conmigo, te llevaré a la alta sociedad y te presentaré por todos lados en mi corral, sin embargo debes andar cerca de mí, o alguien podría aplastarte, pero más que nada, cuídate del gato.

When they got to the farmyard, there was a great fuss going on, because there were two families who were fighting over an eel's head which, in the end, was carried off by the cat. "See, children, this is the way the world works," the mother duck said, her mouth watering, because she would have liked to have had the eel's head to eat herself. "Come on, use your legs, and show me your best behaviour. You must bow down respectfully to that old duck over there; she is the most aristocratic one, and she has Spanish blood, and she is rich. Can you see that she has a red flag tied to her legs; that is very posh, and a wonderful thing for a duck; it shows that everyone wants to keep a close check on her, so she can be recognised by men and animals. Come on, don't walk pigeon toed, a well bred duckling keeps his feet wide apart, just like his mother and father, like this; now bow down, and say quack."

Cuando llegaron al corral había un gran alboroto pues eran dos familias que peleaban por la cabeza de una anguila y que al final, se la llevó el gato. La mamá, con la boca que se le hacía agua, pues le hubiera encantado quedarse con esa cabeza de anguila, les decía a los patitos:

-Vean niños, les presento al mundo tal y como es. Vengan, usen sus piernas y muéstrenme su mejor comportamiento, deben inclinarse con respeto delante de esa pata que está allá, es la más aristocrática y tiene sangre española, además es muy rica. ¿Pueden observar que tiene una bandera roja atada a las piernas? Eso es muy elegante y algo maravilloso para un pato pues muestra que todos quieren observarla de cerca para que pueda ser reconocida por hombres y por animales. Vengan y no caminen como caminan las palomas, apuntando hacia afuera, un pato bien educado camina con los pies bien separados, como su madre y su padre, así, ahora inclínense y digan "Cuac"

The ducklings did as they were told, but the other duck stared at them and said, "Look, here comes another mob, as if there weren't too many already! And what a peculiar thing one of them is; we don't want him here," and one of the ducks flew out and bit the ugly duckling in the neck.

Los patitos hicieron lo que se les dijo, pero los otros patos los miraron y dijeron:
-Vean, aquí viene otra muchedumbre, ¡como si ya no hubiera tantos! Y qué extraño es uno de ellos, no lo queremos aquí.
Uno de los patos voló y mordió en el cuello al patito feo.

"Leave him alone," his mother said, "he's not doing any harm."

Su madre le dijo:
¡Déjalo, no le hace daño a nadie.

"Yes, but he is so big and ugly," said that nasty duck, "and so you must throw him out."

Un pato repugnante dijo:
-Sí, pero es tan feo y tan grande que debes sacarlo.

"The others are very pretty children," the old duck with the red rag on her legs said, "all except for that one; I wish his mother could make him a bit better."

La pata con la bandera roja en sus piernas añadió:

-Los otros son niños muy bonitos, todos excepto uno, ojalá que su madre lo pudiera mejorar un poco.

"That's impossible, your grace," his mother replied. "He isn't pretty, but he's very well-behaved, and he's just as good a swimmer as the others, perhaps even better. I think he will grow up to look good, and perhaps he won't be so enormous then. He has stayed too long in the egg, so he hasn't stopped developing yet. Then she stroked his neck and smoothed down his feathers, saying, "He is male, so his looks don't matter so much. I think he'll grow up nice and strong, and to be able to look after himself."

La madre contestó:
-Eso es imposible, su majestad. No es bonito pero se comporta muy bien y es tan buen nadador como los otros y quizá aún un poco mejor. Creo que cuando crezca será guapo y probablemente no vaya a estar tan enorme. Se quedó por mucho tiempo en el cascarón, así que no ha parado de dasarrollarse.
Entonces le acarició el cuello y le alisaba las alas y añadió:
-Además es hombre y su apariencia no importa tanto, yo creo que crecerá guapo y fuerte y se podrá defender a sí mismo.

"Those other ducklings are graceful enough," said the old duck. "Now, you can make yourself at home, and if you find an eel's head, you can bring it over here."

La aristócrata dijo:
-Los otros patitos son lo suficientemente elegantes. Bien, siéntete cómoda y si encuentras la cabeza de una anguila, la puedes traer aquí.

So, they all got comfortable, but the poor ugly duckling, the last out of the shell, was bitten and pushed and mocked, not just by the ducks, but by all the birds. "He is too big," they all said, and the turkey cock, who had been born with spurs on his legs, and thought of himself as a emperor, blew up his chest like to sail on a ship, and rushed at the duckling, and his head became scarlet with anger. The poor little thing didn't know where he could go, and he was really miserable because it was so ugly and everyone in the farmyard laughed at him. This carried on day after day and got worse and worse. The poor ugly duckling was pushed around by everybody; even his brothers and sisters were unpleasant to him, and would say, "Oh, you ugly creature, I wish the cat would get you," and his mother told him that she wished he had never been born. The ducks pecked him, the chickens beat him, and the girl who fed the birds kicked out at him. Finally he ran away, scaring the little birds in the hedges as he jumped over the fence.

Así, todos estaban cómodos, pero al pobre patito feo, el último que salió del ascarón, lo mordían, empujaban y le hacían burla, no solo los patos, pero por todos los pájaros, pues decían:
-Está muy grande.
Entonces el pavo glugluteaba, (el había nacido con espuelas en las piernas y pensaba de sí mismo que era un emperador), inflaba su pecho como las velas de un barco y se le lanzaba al patito y su cabeza se ponía roja de coraje; el pobre patito no sabía a dónde ir, era realmente muy infeliz porque era muy feo y todos en el corral se reían de él; esto continuaba día tras día y cada vez era peor. Todo el mundo empujaba el patito, aún sus hermanos y hermanas se portaban muy mal con él y le decían:
-¡Criatura horrible! Ojalá que el gato te comiera.
También su mamá le decía que deseaba que jamás hubiera nacido. Los patos lo picoteaban, las gallinas lo golpeaban y la muchachita que alimentaba las aves lo pateaba; hasta que un día, finalmente huyó, asustando los pajaritos en los arbustos al brincar sobre la cerca.

"They are frightened of me because I'm ugly," he said. So he shut his eyes, and flew even farther away, until he reached a large moor, where many wild ducks lived. He stayed there the whole night, feeling very tired and sad.

Se dijo a sí mismo:
-Se asustan conmigo porque estoy feo.
Asi, cerró sus ojos y voló mucho más lejos, hasta que llegó a un
páramo donde vivían muchos patos silvestres, se quedó ahí toda la
noche, sintiéndose muy cansado y triste.

In the morning, when the wild ducks flew up in the air, they stared at their new acquaintance. "What kind of duck are you?" they all said, gathering around.

En la mañana cuando los patos silvestres volaron por el aire,
miraron a su nuevo amigo y reuniéndose alrededor de él, todos le
preguntaron:
-¿Qué tipo de pato eres?

He bowed down to them, and he was polite as possible, but he didn't answer. "You are very ugly," the wild duck said, "we don't care about that as long as you don't want to marry any of our family."

El patito se inclinó delante de ellos y fué lo más amable que le fue
posible, pero no contestó. El pato silvestre le dijo:
-Eres muy feo, pero no nos interesa, al menos que te quieras casar
con alguien de nuestra familia.

The poor thing, he wasn't thinking about marriage; all he wanted to do was be allowed to lie down in the rushes, and drink some water on the moor. After he had been there for a couple of days, a pair of wild geese, or rather goslings, because they weren't very old, came, and they were very cheeky to him. "Listen, my friend," one of them said to the ugly duckling, "you are so ugly, we really like you. Do you want to come with us, and become a travelling bird? Not far away there is another moor, where there are some pretty wild geese, and none of them are married. This is a chance for you to marry; you might get lucky, even though you're so ugly."

El pobre patito no estaba pensando en casarse, lo único que quería hacer era que se le permitiera recostarse en medio de los juncos y tomar un poco de agua del páramo. Después de que había estado ahí un par de días, dos patitos silvestres o más bien ansarinos, pues no eran muy viejos, vinieron a él y de una manera muy atrevida, le dijeron:

-Escucha amigo, eres tan feo que nos caes bien. Quieres venir con nosotros y convertirte en un ave viajera? No muy lejos de aquí hay otro páramo, donde hay gansos silvestres muy bonitos y ninguna de las gansas es casada. Esta es una buena oportunidad para casarte, podrías correr con suerte a pesar de que eres tan feo.

"Pop, pop" rang out in the air, and those two wild geese fell dead into the rushes, and there was blood in the water. "Pop, pop" rang out far and wide in the distance, and great flocks of wild geese flew out of the rushes. The sound carried on from every direction, because hunters were all around the moor, and some of them were even sitting in the branches of trees, looking over the rushes. The blue smoke of the guns rose up like clouds over the dark trees. As it drifted away across the water, some hunting dogs charged into the rushes, bending underneath them wherever they went. The poor little duckling was terrified! He turned his head away and tucked it under his wing, just as a terrible huge dog came close to him. He had his mouth open, and his tongue was lolling out, and his eyes were blazing horribly. He stuck his nose close to the duckling, showing his sharp teeth, and then he splashed into the water without touching him. "Oh," the duckling said, "I really am grateful that I'm so ugly, even dogs won't bite me." So he lay there, quite still, with the shots ringing out, with gun after gun being fired over him. It didn't get quiet until evening, but even then, the poor young thing didn't dare to move. He waited quietly for several hours, and then, after carefully checking all around, he rushed away from that place as fast as he could. He ran over the fields and meadows until a storm blew up, and he couldn't make any headway at all. As it got near to the evening, he found a ruined looking little cottage, which only seemed to be still standing because it couldn't decide which side it was going to fall down on. The storm carried on, so heavy that the duckling couldn't go any further. He sat down next to the cottage, and then he realised that one of the hinges on the door had given way and the door wasn't quite close. That meant there was a narrow opening near the bottom, which was large enough for him to slip through which he did very quietly, and so he got somewhere to shelter for the night. There was a woman, a tomcat and a hen who lived in this cottage. The tomcat, whom the woman called, "My little son," was very well liked. He could arch his back, and purr, and his fur could even give electric shocks if it were stroked in the wrong direction. The hen had very short legs, so her name was, "Chickie short legs." She laid fine eggs, and her mistress loved her as though she was her own child. In the morning they found their strange visitor, and the tomcat started purring, and the hen started clucking.

De pronto se escuchó en el un sonido:

176

-"¡Bum¡ ¡Bum!
*Los dos patos silvestres cayeron muertos en medio de los juncos y
había sangre en el agua. El "¡Bum! ¡Bum!" sonó a lo lejos y a lo
ancho en la distancia y grandes bandadas de patos silvestres salían
volando de los juncos. El sonido se extendía desde cada dirección
pues los cazadores estaban en todo alrededor del páramo y algunos
de ellos estaban sentados sobre las ramas de los árboles para poder
ver sobre los juncos. El humo azul de las pistolas se levantaba como
nubes sobre los árboles obscuros. Algunos perros cazadores se
dejaban ir en contra de los juncos como si fueran llevados por la
deriva, doblando todo bajo ellos a donde quiera que iban. ¡El pobre
patito estaba aterrorizado! Volteó su cabeza y la metió bajo su ala
justo en el momento que un inmenso perro espantoso se le acercaba,
tenía la boca abierta y la lengua colgando, sus ojos centelleaban
horriblemente, encajó su nariz cerca del patito, enseñando sus
dientes filosos y se fuéchapoteando en el agua sin tocarlo. Para
esto, dijo el patito:*
*-Ay, estoy tan agradecido de ser tan feo pues ni siquiera los perros
me quieren morder.*

De esa manera, se quedó ahí muy quietecito, con los disparos sonando a su alrededor, donde pistola tras pistola se disparaba por encima de él. No se calmó todo sino hasta la tarde y aún así el pobrecito no se atrevía a moverse. Esperó calladamente por varias horas y entonces, después de revisar todo a su alrededor, se alejó de ese lugar lo más rápidamente que pudo. Corrió sobre los campos y los prados hasta que llegó una fuerte tormenta y no podía hacer ningún avance, al acercarse la noche, encontró una casita campirana en ruinas, que parecía estar en pie todavía porque no se decidía hacia qué lado iba a caer. La tormenta continuaba tan fuerte que el patito no pudo continuar. Se sentó a la puerta de la casita y de pronto se dio cuenta de que una de las bisagras de la puerta se había soltado y que la puerta no estaba totalmente cerrada, lo que significaba que en la parte inferor de la puerta había una abertura pequeña pero que era lo suficientemente grande como para que él se deslizara, lo cual hizo muy calladamente, de esa manera encontró albergue para esa noche. En esa casita vivían una mujer, un gato y una gallina. El gato le gustaba a todo el mundo y la mujer lo llamaba "mi hijito," podía arquear su espalda y ronronear y podía dar choques eléctricos con su pelo si se le acariciaba en dirección opuesta. A la gallina la llamaban "Pollita Piernas Cortas" pues en efecto, tenía piernas muy cortas, ponía unos huevos muy finos y su dueña la amaba como si fuera su propia hija, por la mañana, encontraron al visitante extraño y el gato comenzó a ronronear y la gallina a cacarear.

"What's all the noise about?" the old woman said, looking round the room, but she couldn't see very well, so when she saw the duckling she thought he was a fat duck which had become lost. "What a prize!" she exclaimed, "I hope it's not male, because if it's female I will get some duck eggs. I'll have to wait and see." And the duckling stayed there for three weeks on trial, but he couldn't give any eggs. The tomcat was the master of the house, and the hen was the mistress, and they always said, "We and the world," because they thought it they were half of the whole world, and they thought they were the better half as well. The duckling thought that other people might think differently about it, but the hen wouldn't listen to that sort of talk. "Can you lay eggs?" she asked. "No." "Then I'd be obliged if you would keep quiet." "Can you arch your back, or purr, or give out sparks?" the tomcat asked. "No." "Then you have no right to give your opinions when sensible people are talking." So the duckling sat in a corner, very depressed, until the sunshine and fresh air came into the room through the open door. He started feeling desperate to go and have a swim on water, and he told the hen about it.

La mujer dijo:
-¿Qué es todo ese escándalo?
Buscó todo a su alrededor, pero no podía ver muy bien, así que cuando vió el patito pensó que era un pato gordo que se había perdido y exclamó:
-¡Me saqué un premio! Espero que no sea machito, ya que si es hembra voy a tener algunos huevos de pato. Tendré que esperar y ver.
Así que el patito se quedó ahí a prueba por tres semanas, pero no podía poner huevos El gato era el dueño de la casa y la gallina la dueña y siempre decían:
-Nosotros y el mundo.
Decían esto ya que creían que ellos formaban parte de la mitad de todo el mundo también y pensaban que eran mejor que la otra mitad. El patito pensaba que la demás gente podría tener una opinión diferente al respecto, pero la gallina no quería escuchar nada al respecto y le preguntaba:
-¿Puedes poner huevos?
A lo que el patito contestaba:
-No.

La gallina entonces añadía:
-Entonces necesito que te calles.
El gato le preguntaba:
-¿Puedes arquear tu espalda, o ronronear o sacar chispitas?
El patito decía:
-No.
A lo que el gato replicaba:
-Entonces no tienes derecho a dar tus opiniones cuando la gente sensata está hablando.
Así que el patito se sentó muy deprimido en una esquina hasta que la luz del sol y el aire fresco entraron a la habitación por la puerta, comenzaba a sentirse desesperado por ir a l agua a nadar y se lo dijo a la gallina.

"What a stupid idea," the hen said. "You don't have anything to occupy yourself, so you get silly ideas. If you could purr or lay eggs, you wouldn't feel like that."

La gallina le dijo:
-¡Qué idea más torpe! Lo que pasa que no tienes nada qué hacer, por eso es que se te ocurren esas ideas tontas. Si pudieras ronronear o poner huevos no te sentirías así.

"But it's wonderful to swim about on water," the duckling said, "and it's so refreshing when it goes over your head, when you dive down to the bottom."

El patito le dijo:
-Pero es fantástico nadar en el agua y es tan refrescante cuando pasa sobre tu cabeza al echarte un clavado.

"Wonderful, is it!" the hen said. "Really, you must be mad! Ask the cat, he is the cleverest animal I know; ask him if he would like to swim around the water, or dive underneath it, I won't even say what I think. Ask our mistress, the old woman—she is the cleverest person in the world. Do you think she'd like to go swimming, or go underneath the water?"

Dijo la gallina:

-¿Así que es fantástico? ¡De verdad que tú debes estar loco! Pregúntaselo al gato, es el animal más inteligente que conozco; pregúntale si le gustaría nadar en el agua, o echarse un clavado al fondo. Ni siquiera voy a decir lo que pienso, pregúntaselo a nuestra dueña, ella es la persona más inteligente en el mundo. ¿Tú crees que a ella le gustaría ir a nadar o aventarse debajo del agua?

"You don't understand me," said the duckling.

El patito dijo: Tú no me entiendes.

"We don't understand you? I wonder who could? Do you think you are cleverer than the cat, or the old woman? I'm not even going to mention myself. Don't think such nonsense, child, and thank your lucky stars that you have been given a welcome here. Haven't you got a warm room, and company which might teach you something? But you just chatter away, and I don't really like your company. Trust me, I'm only saying this for your own good. The truth might hurt, but that shows that I'm being friendly. So, I advise you to lay eggs, and learn to purr as quickly as possible."

La gallina seguía alegando:
-¿No te entendemos? Me pregunto quién podría hacerlo. ¿Tú crees que eres más listo que el gato o que la dueña? Ni siquiera me voy ma mencionar yo. Ni pienses esos desbarajustes chiquito y agradécele a tu buena suerte que se te haya recibido aquí. ¿Qué no tienes una recámara calientita y compañia que te podría enseñar algo? Pero lo único que haces es parlotear, y la verdad es que ni siquiera me gusta tu compañía. Creémelo, te estoy diciendo esto solo por tu propio bien. La verdad debe doler, pero solo muestra que estoy siendo una buena amiga. Así que de una vez te digo: Será mejor que aprendas lo antes posible a poner huevos y a ronronear.

"I think I will have to go away," said the duckling.

Dijo el patito:
Yo creo que voy a tener qué irme.

"Yes, do," said the hen. So the duckling left the cottage, and it soon found some water where it could swim and dive, but all the other animals stayed away from it, because it was so ugly. Autumn came, and the leaves in the forest turned orange and gold. Then winter came, and the wind blew them around in the cold air as they fell. The clouds, full of hail and snow flakes, were hanging low in the sky, and the raven stood on the ferns, croaking. It made one shiver with cold just looking at him. Everything made the poor little duckling sad. One evening, just as the sun was setting in the shining clouds, a large flock of beautiful birds came out of the bushes. The duckling had never seen anything like them. They were swans, and they curved their graceful necks around, and their soft plumage was dazzlingly white. They gave unusual cries as they spread their wonderful wings and flew away from that cold place to warmer countries overseas. As they climbed higher and higher in the air, the ugly little duckling felt very strange, watching them. He span in the water like a wheel, stretching out his neck towards them, giving a cry so peculiar that it scared him. Would he ever be able to forget those beautiful happy birds? When they were finally out of sight, he dived under the water, and popped out again, very excited. He didn't know what those birds were called, or where they were flying to, but he had feelings for them which he had never had for any other bird in the world. He wasn't jealous of them, he just wanted to be as lovely as they were. Poor ugly thing, how glad he would have been to live even with the ducks, if they had been nice to him. The winter got colder and colder, and he had to swim around on the water to stop it turning to ice; every night the space he was swimming in got smaller and smaller. Finally it froze so hard that the ice in the water crackled as he swam through it, and the duckling had to paddle his hardest, to keep the space open. Finally he became exhausted, and he lay there still and helpless, frozen solid in the ice.

La gallina dijo:
-Sí, vete.

El gatito se fue de la casita campirana y pronto encontró agua en la cual pudo nadar y aventarse clavados, pero todos los otros animales se retiraban de él porque era muy feo. Llegó el otoño y las hojas en el bosque se pusieron anaranjadas y doradas, después llegó el invierno y el viento las volaba por todos lados en el aire frío a medida que caían. Las nubes colgaban muy bajo en el cielo y estaban llenas de granizo y nieve y los cuervo se paraban sobre los helechos gritando con gaznidos chillantes, hacía que uno temblara de escalofríos tan solo de verlos. Todo a su alrededor hacía que el pobre patito se sintiera triste. Una tarde, justo en el momento que el sol se ponía en las nubes brillantes, una bandada de aves muy hermosas salió de los arbustos. El patito nunca había visto algo como ellos, eran cisnes y curveaban sus cuellos elegantes y su plumaje suave era un blanco deslumbrante. Gritaban de manera extraordinaria al extender sus hermosas alas y volaron lejos de ese lugar frío y se dirigían a países extranjeros, a lugares más cálidos. A medida que se elevaban más y más el patito se sintió algo muy extraño al observarlos, se extendió en el agua con un alcance como si fuera una rueda, extendiendo su cuello hacia ellos, haciendo un sonido tan peculiar que se asustó. ¿Iba a poder olvidar alguna vez a esos pájaros felices? Cuando finalmente se habían perdido de vista, se echó un clavado al agua y emergió nuevamente, muy emocionado. No sabía cómo se llamaban esos pájaros, o hacia dónde volaban, pero le causaban ciertas emociones y sentimientos que no había tenido por ningún otro pájaro en el mundo; no estaba celoso de ellos, sólo quería ser hermoso como lo eran ellos. Pobre patito feo, qué contento hubiera estado de vivir aunque fuera con los patos, si tan solo hubieran sido amables con él. El invierno se hizo cada vez más frío y el tenía qué nadar en el agua para que no se convirtiera en hielo, el espacio en el cual nadaba se hacía más pequeño cada noche, hasta que finalmente se puso tan duro de tan congelado que estaba, que el hielo en el agua crujía mientras el patito nadaba y el patito tenía que nadar lo más fuerte que podía para conservar el espacio amplio; finalmente, exhausto, quedó tirado ahí sin moverse e indefenso, congelado en el hielo sólido.

Early the next morning, a peasant, who was going past, saw what had happened. He broke the ice with his wooden clog, and carried the duckling home to his wife. The warmth brought the poor little creature back to life, but when the children wanted to play with him, he thought that they were going to hurt him, so he jumped up in terror, landed in the milk pan and splashed milk around the room. Then the woman clapped her hands, which made him all the more terrified. First he flew into the butter barrel, then into the corn barrel, and out again. What a state he got himself into! The woman screamed and struck him with her tongs; the children laughed and screamed, tumbling over each other as they tried to catch him, but fortunately he escaped. The door was open, and the poor creature just managed to slip out into the bushes, where he lay down, exhausted, in the newly fallen snow.

A la mañana siguiente, muy temprano, un campesino que iba de paso, vió lo que pasó. Quebró el hielo con su zueco de madera y se llevó el patito para su esposa a su casa. El calor logró regresarle la vida a la pobre criatura, pero cuando los niños querían jugar con él, él pensó que lo iban a lastimar, así que brincó aterrorizado, cayó en la olla de la lecho y salpicó lecho alrededor de toda la cocina. Entonces la mujer aplaudió sus manos, lo que lo hizo que estuviera aún más aterrorizado; primero voló dentro del barril de la mantequilla, luego en el del maíz, y brincó hacia afuera nuevamente, ¡En qué situación se había metido! La mujer gritó y lo acarició con sus tenazas, los niños reían y gritaban, tropezando el uno con el otro mientras trataban de atraparlo, pero afortunadamente escapó. La puerta estaba abierta y la pobre criatura apenas pudo escurrirse a los arbustos, donde se quedó tirado, exhausto, sobre la nieve recién caída.

If I told you all the misery and hardship the poor little duckling had to suffer during the cold winter, this would be very sad story. But when winter was over, he found himself one morning lying on a moor, amongst the rushes. He could feel the warm sun shining, and he heard the lark singing, and he saw that the beautiful spring had come. Then he felt that his wings were strong, as he flapped them against his sides, and he flew up high into the air. They carried him on, until he got to a large garden, without even realising how he got there. The apple trees were blossoming, and the perfumed elders were bending their long green branches down to the stream which curved around a smooth lawn. Everything looked beautiful in the lovely early springtime. From a thicket nearby there came a trio of beautiful white swans, rustling their feathers, and swimming smoothly over the calm water. The duckling remembered those lovely birds, and a strange unhappiness took hold of him.

Si te cuento todas las dificultades y penas que tuvo qué sufrir el pequeño patito durante ese frío invieno, este sería un cuento muy triste; pero cuando el invierno terminó, se encontró una mañana tendido sobre un páramo en medio de los juncos, podía sentir el sol cálido brillando, también escuchó la cigueña cantar y vió que la hermosa primavera había llegado; entonces cuando sacudió sus alas a su lado, sintió que eran fuertes y voló muy alto en el aire y lo llevaron muy bien hasta que llegó a un jardín grande, sin siquiera darse cuenta cómo llegó ahí, los manzanares estaban floreando y los saúcos perfumados estaban doblando sus varas largas y verdes hasta el arroyuelo que pasaba por el jardín haciendo una curvilínea en el pasto, todo se veía hermoso en el principio de esa prmavera preciosa. De un matorral cercano salió un trío de cisnes blancos hermosos, aleteando sus plumas y nadando fluídamente sobre el agua tranquila, el patito recordó esos pájaros encantadores y una felicidad extraña se apoderó de él.

"I will fly over to those royal birds," he exclaimed, "and they will kill me for being so ugly and for having the nerve to go over to them, but it doesn't matter. I would rather be killed by them than pecked at by ducks, beaten by hens, kicked around by the girl who feeds the chickens, or starved in the winter."

Dijo el patito:

-Voy a volar ahí donde están esos pájaros reales y me matarán por ser tan feo y por tener la audacia de acercarme a ellos, pero no importa. Preferiría que ellos me mataran a ser picoteado por patos, apaleados por gallinas, pateado por la muchachita que les da de comer a las gallinas, o muerto de hambre en el invierno.

So he flew over to the water, and swam towards the beautiful swans. As soon as they saw the stranger, they rushed over to meet him, with their wings stretched out.

Así, voló sobre el agua y nadó hacia los cisnes hermosos, quienes tan pronto como vieron al extraño, se apresuraron para encontrarlo, con sus alas extendidas.

"Kill me," said the poor bird; and he bent his head down on the surface of the water, waiting for death.

El pobre patito dijo:
-Mátenme.
Al decir esto, dobló su cabeza hacia abajo, sobre la superficie del agua, esperando la muerte.

But what was that he saw reflected in the clear stream down below? It was himself; he was no longer a dark grey bird, ugly and unpleasant to look at, but a graceful and beautiful swan. Just because you're born in a duck's nest, in a farmyard, that doesn't matter to a bird, if it comes from a swan's egg. He was glad that he had had so much sorrow and trouble, because it meant that he enjoyed the pleasure and happiness he now had that much more. Those great swans swam around the new arrival, and they stroked his neck with their beaks to welcome him.

Pero, ¿qué es lo que vió reflejado en el claro riachuelo? Era él, pero ya no era más el pájaro color gris obscuro, feo y desagradable, sino un cisne hermoso y elegante. Sólo porque naciste en el nido de unos patos, en un corral, eso no es importante para un pájaro si viene del huevo de un cisne. El estaba contento de haber tenido tanto dolor y problemas, porque eso significaba que él disfrutaría el placer y la felicidad que ahora tenía, eso y mucho más. Esos cisnes fabulosos nadaron alrededor del nuevo arribo y acariciaron su cuello con sus picos para darle la bienvenida.

Soon some little children came into the garden, and they threw bread and cake into the water.

Muy poco después algunos niñitos vinieron al jardín y aventaron pan y pastel adentro del agua.

"Look," the youngest one cried out "there's a new one!" and the rest of them were delighted, running to their mother and father, dancing and clapping their hands, shouting with joy, "There is another swan, a new one has come."

El más pequeño de esos niños grito:
-¡Miren, hay uno nuevo!
El resto de ellos estaban fascinados, corriendo hacia su mamá y papá, bailando y aplaudiendo sus manos, gritando con gozo:
-Hay un cisne nuevo, uno nuevo ha llegado.

Then they threw more bread and cake into the water, saying, "This new one is the most beautiful of all of them, he is so young and pretty." And the old swans bowed down to him.

Luego aventaron más pan y pastel al agua diciendo:
-El nuevo es el más hermoso de todos, está tan joven y bonito.
Y los cisnes más viejos se inclinaban delante de él.

He really felt quite embarrassed, and he hid his head under his wing. He didn't know what to do, he was so happy, but he wasn't at all arrogant. He had been badly treated and hated for his ugliness, and now he heard them saying that he was the most beautiful bird of all. Even the elder tree bowed down into the water in front of him, and the sun shone warm and bright. So he rustled his feathers, and bent his slim neck, and cried out from the bottom of his heart with happiness, "I never dreamed that I could be this happy, when I was an ugly duckling."

La verdad es que él se sentía muy avergonzado y escondió su cabeza debajo de su ala. No sabía qué hacer, estaba tan feliz, pero no era arrogante en lo absoluto. Había sido maltratado y odiado por su fealdad y ahora los escuchaba decir que él era el más hermoso de todos los pájaros. Aún el árbol de saúco se inclinaba dentro del agua frente a él y el sol brillaba cálido y radiante, así que sacudió sus alas y dobló su cuello esbelto y con felicidad gritó desde el fondo de su corazón pensando:
-Nunca soñé que pudiera llegar a ser tan feliz, cuando era el patito feo.